文通天下

突　破　认　知　的　边　界

学学问问

著

by
Lam Chua

光明日报出版社

目　录

Contents

小时住的地方好大，有两万六千平方英尺。

有些隐私，让我保留一下好不好？

星河界里星河转，
日月楼中日月长。

3

到了我们这种年纪，最重要的就是想做什么就做什么。

为什么会回复网友的评论呢？因为爱你们啰！

有一座嵌綠寶石的房子

唱一曲歸來未晚

明月何曾是兩鄉

功名萬里外　一杯　心事中　事杯

第一章

小时住的地方好大，有两万六千平方英尺。

蔡澜

回忆录

拾忆

小时住的地方好大，有两万六千平方英尺。

记得很清楚，花园里有个羽毛球场，哥哥姐姐的朋友放学后总在那里练习，每个人都想成为"汤姆斯杯"的得主。

屋子原来是个英籍犹太人住的，楼下很矮，二楼较高，但是一反旧屋的建筑传统，窗门特别多，到了晚上，一关就有一百多扇。

由大门进去，两旁种满了红毛丹，每年结果，树干给压得弯弯的，用根长竹竿剪刀剪下，到处送给亲朋好友。

起初搬进去的时候，还有棵榴梿树，听邻居说是"鲁古"的，即果实硬化不能吃的意思。父亲便雇人把树砍了，我们摘下未成熟的小榴梿，当手榴弹扔。

房子一间又一间，像进入古堡，我们不断寻找秘密隧道。打扫起来，是一大烦事。

粗壮的凤凰木树干，是练靶的好靶心，我买了一把德国军刀，直往树干飞，树干被整出一个大洞。父亲放工回家后，把我臭骂一顿。

最不喜欢做的，是星期天割草，当时的机器，为什么那么笨重？四把弯曲的刀，两旁装着轮子，怎么推也推不动。

父亲从朋友的家里移植了接枝的番荔枝、番石榴。矮小的树上结果，我们不必爬上去便能摘到，肉肥满，核子又少，甜得很。

长大一点，见姐姐哥哥在家里开派对，自己也约了几个女朋友参加，一揽她们的腰，为什么那么细？

由家到市中心，有六英里路，要经过两个大坟场，父亲的两个好朋友去世后都葬在那里，每天上下班都会看他们一眼。伤心，便把房子卖掉了搬到别处。

几年前回去看过故屋，园已荒芜，屋子破旧，已没有小时感觉的那么大，听说房主要等地价好时建新楼出售。这次又到那里怀旧一番，已有八栋白屋子树立着。忽然想起《花生漫画》的史努比，当他看到自己的出生地野菊园变成高楼大厦时，大声叫喊："岂有此理！你竟敢把房子建筑在我的回忆上！"

阿叔

小时，最大的乐趣是等待星期天。一早，爸爸妈妈姐姐哥哥和我，手抱着弟弟，一家六口穿了整齐干净的衣服，乘了的士，从我们住的大世界游乐场，直赴后港五条石阿叔的家。

阿叔姓许，我们没有叫他许叔叔，只因他比我们的亲戚还亲。

车子经过一个警察局、一个花园兼运动场和一个集市，向左转进条碎石路，再过几间平房，就是阿叔的花园。我们按铃，恶犬汪汪叫，阿叔的几个儿子开门迎接。

花园占地一万多英尺，屋子是它的十分之四，典型的南洋浮脚楼，最前端是个无顶的阳台，摆着石桌、凳子。

笑盈盈的阿叔，有略微肥矮的身材，永不穿外衣，只穿一件三个珍珠纽扣的圆领薄汗衫和一条丝制的白色唐裤，围黑皮、附着钱包的腰带。头发比穿陆军装的还要长一点，一张很有福相的圆脸，留了一撇小髭，很慈祥地说："来，先喝杯茶。"

由阳台进主宅的门楣上，挂着一副横匾，写了几个毛笔字，签名并盖印。

第一次到阿叔家时我拉爸爸的袖子，问道："写些什么？"

爸爸回答："这是周作人先生写给阿叔的，是他的这个家的名字。"

"家也有名字吗？周作人是谁？"我还是不明白。

"你以后多看书，就知他是谁了。"爸爸很有耐心地说，"也许，有一天，你会学他写东西也说不定。"

"但是，"我不罢休，"为什么这个周作人要写字给阿叔？"

"阿叔是一个做生意的商人，但是很喜欢看书，而且专门收集五四运动以后的书……"

"五四运动？"我问。

爸爸不管我，继续说："中国文人多数没有钱。阿叔时常寄钱给他们，为了感谢阿叔，他们就写些字来相送。"

"文人很穷，为什么要学他们写东西？"我更糊涂了。

一年复一年，到花园嬉玩的时候渐少，学姐姐躲在书房里，谈冰心、张天翼和赵树理。

病中，捧着《西游记》《三国演义》和《水浒传》，书籍真的有一种香味。

打从心中喜欢的还有译文版的《伊索寓言》《古希腊神话集》等，继之是狄更斯的《大卫·科波菲尔》、雨果的《悲惨世界》，接着是俄国的《卡拉马佐夫兄弟》《战争与和平》，最后连几大册的《约翰·克利斯朵夫》也生吞活剥。

阿叔的书架横木上贴着一行小字——"此书概不出借"，但是对我们姐弟，从来没摇过头。我们也自觉，尽量在第二个星期奉还，要是隔两个星期还没看完，便装病不敢到阿叔家里去。

转眼就要出国，准备琐碎东西忙得昏头昏脑，忘记向阿叔话别就乘船上路。

爸爸的家书中提到阿叔生病了，我连流眼泪的时间也没有，心中有个问题：阿叔的那些书呢？

所藏的几万册都是原装第一版本书籍，加上北京大学、清华大学等大学的学报和各类杂志。五四运动以后出版的，应有尽有，而且还有许多是作家亲自签名赠送的。二十世纪三十年代，在上海出版的三种漫画月刊，也都收集。甚至有些资料，我相信两岸都未必那么齐全。

阿叔在南洋代理手揸花三星白兰地、阿华田、白兰氏鸡精等洋货，他的店铺并没有怎么装修，一个门面，楼上是仓库。

在一旁，他有一间小小的办公室，里面除了一个算盘之外，便是一副工夫茶具。薄利多销是他的原则。也许是因为染上文人的气质，他的经营方法已是落后，晚年代理权都落到较他更会谋利的商人手里。

　　病榻中，阿叔看着他那几个见到印刷品就掉头走的儿女，非常不放心地向我的爸爸提出和我同样的问题："那些书呢？"

　　我的爸爸回答："献给大学生的图书馆吧！"

　　阿叔点点头，含笑而逝。

酒舅

　　母亲好酒，一瓶白兰地，三天喝完，算是客气。七十多岁的人了，还是无酒不欢。亲戚友人嘴里虽劝说别喝过量，但是见她身体强壮，晨运时健步如飞，这令半滴不入喉的人，反而觉得自己是否有毛病。

　　人上了年纪，生活方式不太可能有变化。周末，爸爸和妈妈多是到十八溪前的丰大行去找一群老朋友聊天。爸爸有他吟诗作对的同伴，陪着妈妈的是一位我们的远方亲戚，他也好杯中物。慢慢地喝，他们两个人一天三瓶不是问题。这亲戚比妈妈年纪小，我们就管他叫"酒舅"。

　　酒舅身材矮小，门牙之间有条缝，身体结实得像一块石头，再加上头顶光秃到只剩几根稀发，更像一块石头。他的笑话，讲个没完没了，讲完自己先笑得从椅子上掉下来。《射雕英雄传》里的老顽童找他来演，不用化装。

出生于富家的酒舅，从小就学习武艺，个性好胜，到处找人打架。他又喜欢美食，更逢饮必醉，经常酒后闹得不可收拾，干脆和恶友不回家睡觉，吵至天明。

邻居第二天找上门来，他父亲虽然恨透，但还维护着他，劈头问邻居道："你儿子昨晚把我的儿子引到什么地方去了？"

问罪之人，反而哑口无言。

他父亲是个读书人，生了这么一个不肯做功课的儿子，拿他一点办法也没有，差点气出病来，但是酒舅不管三七二十一，照样研究炒什么菜下酒，对读书不理不睬。与其他个性善良淳厚的兄弟比较起来，酒舅是一个标准的恶少，村里的人，没有一个对他有好感。

唯一的好处，是酒舅喜欢打抱不平，经常帮助人家解决疑难问题。遇到有什么纷争，他便站出来做和事佬。

他当公亲，多由自己掏腰包请客，图个见义勇为的美名。名堂虽佳，却要向两方讨好。

一次甲乙双方争于某事，几乎弄到纠众械斗，酒舅向双方恶少说："你们有胆，先把我杀死再说！"

恶少们知道酒舅曾经学过武术，能点穴，和人相打时，只用力踩对方的脚盘，那人便倒地不起。

结果，大家都买酒舅的账，一场大斗，便不了了之。

酒舅，从小不靠家产，自己出来闯天下，由一个月薪两块钱的小子，渐渐地往上爬，成为一个树胶机构的经理。在那小镇上，酒舅算是一个大绅士。

晚年，他父亲不跟其他儿女住，而中意和酒舅在一块儿，因为他谈吐幽默，又烧得一手好菜。

而这个儿子，和其他人想象的不同，到底个性忠直，一直和父亲很亲近。渐渐地，他也得到了他父亲的熏陶，养成读历史的好习惯，越来越有文学修养。酒舅每天陪着他父亲读书写字，练就一手柔美的书法，这一点，村子里的人做梦都没有想到。

去年，酒舅去旅行，参加了一个旅游团，团里有杂志的记者和澳洲的撰稿人及摄影师。

起初，大家觉得酒舅样子老土，都不大看得起他。

一坐下来吃饭时，酒舅看到什么地方的人就用什么方言相谈。

"你会说几种话？"记者听了好奇地问。

"会说一点广东话、客家话、福建话，还有潮州话……"酒舅轻描淡写地用标准的普通话回答说，"不过，这些只是方言。"

澳洲人前来搭讪，酒舅的英语更加流畅。当然，他还没有机会表演他的马来语和印度话。

每到一处古迹，酒舅更是如数家珍。

他父亲的教导，并没有白费，比当地的导游更胜一筹，使众人惊讶不已，事事物物都要向酒舅探询。

过后，杂志有两三页的图文报道，称酒舅为罕见的南洋史学家及语言学家。酒舅读后，笑得从椅子上掉下来。

真假

我们一群小孩围着父母，蹲在地上吃榴梿，父亲把他游历过的地方告诉我们，并提起曾见过一个榴梿，有面盆那么大。我们都被他惹得大笑，说："哪有这种事？"

长大后四处走，在曼谷果然看到一颗大如面盆的榴梿，才知道家父讲的都是真的，我们的见识实在太少。但是在没有亲眼见到以前，还以为父亲在讲笑话呢。

"偶尔，谎言变成趣事，并没有不对的地方；有时，真实更是滑稽，总之大家开心就是。我说的是真是假，有一天你们看到了便知道。"父亲常说。

我的许多故事，也是遵循这个原则。

单单说香蕉，就有数十种那么多。香蕉并不只有绿色和黄色，深红色、浅紫色的也有，在南洋一带能见到。

有一次，在印尼的乡下，走了整个上午，没有吃早饭，肚子有点饿，往前一看，有一个人蹲在地上，他面前摆着一个香蕉，有三英尺长。

用刀子把香蕉上面那层皮割出一半，露出白肉，他用汤匙挖起，送入口中。

我从来没有见过那么大的香蕉，马上照样买了一个来吃。

肉很香甜，不过"咯"的一声，咬到硬物，吐出来一看，是香蕉的种子，足足有胡椒粒那样大小。一面吃一面吐，吐到地上黑掉。用这种香蕉做香蕉糕，三四个人也吃不完。

走过南美洲的香蕉园，看到树上一串的黄熟大蕉，本来不觉得有什么奇怪，但仔细观察，就知道不同。因为这里所有的香蕉是向上翘的，其他地方的都是往下垂。

印度的香蕉，只有大拇指那么大，是我吃过的最甜的一种。剥皮时，不是从上往下撕，而是向外团团转着拉，像拆开雪糕筒的包装纸，其皮极薄，似透明。

朋友听了又说："哪有这种事？"

我笑着不答。反正是真是假，有一天你们看到了便知道。

说完，拍拍屁股走了。

罐头鲍鱼

儿时，吃到最珍贵的食物，不是鲍参肚翅，而是罐头鲍鱼。那个年代，台湾人请客，头盘有乌鱼子、粉肠、虾枣等食物，包围着中间的鲍鱼，连铁罐上，以表示货真价实、童叟无欺。

而那罐罐头鲍鱼，就是风行东南亚，最著名的"车轮鲍"（Calmex）了。

说是车轮，其实仔细一看，是个帆船驾驶盘，小时看好莱坞电影中，海盗头子掌舵的那种。配上衬底的粉红色，这个商标设计，颇为经典。

用罐头刀一铲铲地不规则地打开，一阵香味扑鼻，咬了一口，柔软中带着咬劲，一股清甜的津液吞下喉咙，啊，那种美妙的感觉，令初尝者一生难忘。

通常，就那么切片冷食，已是异常的美味。有些人拿去滚汤，有些人以酱汁加工，都是画蛇添足。有时，像九龙西贡街的那家"弥敦粥面"，不惜工本地在粥上加几片"车轮鲍"，会将整碗粥升高几级，吸引了不少泰国华侨一再专程去吃，这到底是香港人独有的大手笔。

是的，"车轮鲍"一向卖得很贵，有些是三百多，有些四百多港币一罐。

怎么分别呢？有的罐头里是一个整个的；有的是一个小的，加一片；有的是一个大鲍鱼，切成两半入罐。在罐头的底部印有一行小号码，像"11"就是一个再加一块；"10"就是一个大头；"01"则是一个过大的头，切成一半入罐了。

号码前面有三个罗马字，譬如BPZ，我们可以不必去管前面那两个，那是代表了产区，有CM、CC等，分别不大，但后面那个字很重要，Z是蓝色的鲍鱼，A则是黄色鲍鱼。

大家以为蓝色鲍鱼较佳，其实错误，黄色的才是最高级，前者在水深七米的地方就可以抓到，黄色的要潜到七十米的海底才有。

所以拿Z来卖A的价钱，我们就会受骗了。买"车轮鲍"，应有这个常识，而一个头的，当然比一个半头好，最好的，还是一个头切成一半。当然，它们都是野生的。

我曾经把各国的鲍鱼罐头拿来做一个比较，墨西哥的野生鲍鱼罐头，原料只有鲍鱼、水和盐三种最原始的搭配，它味道浓，已经不需要任何调味品，又入了罐头，经高温杀菌，也不必加任何防腐剂。一般罐头食物，有效期可达四年之久。

至于澳洲的青边鲍、新西兰的黑鲍或中国制的绿鲍，在罐头中多数有防腐剂，而且，因为它们的颜色较深，都要经过漂白，有些罐头还吃出可怕的漂白水味道来。

质量最好的墨西哥鲍鱼，生长在墨西哥加利福尼亚湾，由墨西哥渔农处管理，只授权给九个地区采取，而且限制在每年的一月到七月，其他时间为休渔期。

潜水的渔夫都经过长期训练，他们手上抓着一把铁尺，看到鲍鱼后眼明手快地撬开，一失手，鲍鱼就会紧紧地吸着岩石，再用力也挖不起。那把铁尺有一个记号，小过政府规定的，就不可捕捉，用铁尺来量。

鲍鱼要经过洗濯、加盐，煮至半熟，再在入罐后高温杀菌时煮个全熟。和日本制作干鲍的方法一样，过程是保密的。

生产商为国营的 Ocean Garden，它代表政府制作和经销，但在宣传上毫不着力，我们也从来没看过"车轮牌"的广告，在国际的发行方面，受澳洲和南非鲍的冲击，销路也愈来愈狭窄。

Ocean Garden 在一九五七年建立，五十年后，墨西哥政府终于把这家公司卖给了其他商人，他们的老本行是抓虾的。

新老板希望捕鲍的渔民增加产量，但这是做不到的，会影响生态，渔民们开始不满。但你不多产，我也可以到外国去买呀！所以出现了"车轮牌"的澳洲鲍鱼，公司也没骗人，本来印在罐头上的墨西哥地图，改为澳洲的地图。渔民的心灵已受损，认为这是打击他们。

整个捕鲍地区中的七个产区脱离了 Ocean Garden，剩下两个产区继续供应。其中一个出名的产区 Buzos y Pescadores 和

China Sea Farm 合作，另闯天下，生产了叫"鲍中宝"（California Mexico）的罐头。

为了不令一般客人混淆，制作了两个不同颜色的罐头，红的是蓝色鲍，而黑的是黄色鲍。本来后者应该卖贵一点，这家公司也奇怪，以同价出售，老饕一吃就知道分别。

至于日本的罐头鲍，很多年前已有一种酱油鲍鱼，卖得比墨西哥鲍贵得多，也有很多人购买，但近年来已不见出售。有鉴于此，我也监制了日本鲍鱼的罐头，在日本捕捉，日本入罐，酱汁由我调配，吃完了鲍鱼，汁还可以拿来捞饭或捞即食面，每罐有六只鲍鱼。

但墨西哥鲍鱼还是我最爱吃的，而且重量十足，都是以鲍鱼本身来衡量，净重九盎司，两百五十五克。其他国家的产品，有时是以罐头中的水分来量的，有时会买到一大罐，打开了只藏有几颗很小的在游泳，就令人啼笑皆非了。

回到儿时

芫荽是一种奇异的香草，你只有喜欢或讨厌，没有中间路线。我这种个性爱憎分明的人，对它是钟情的。

小时候一吃，觉得很怪，即刻吐出。近来有篇医学报告，说人的味觉，是从记忆中找寻出来的，也许，当年我联想到的是臭虫。

不是没有根据的，芫荽原产于地中海地域，拉丁名的意思是臭虫。更深一层的研究说，芫荽的分子之中有种叫 Aldehyde（醛）的成分，和肥皂及臭虫中找到的一样。

长大了，由于不停地接触，令我慢慢地接受了芫荽，我已改变了饮食习惯。当看到别的小孩子把芫荽碎从汤里挑出，反觉厌烦。

又在不知不觉之中，我愈来愈喜欢吃芫荽，这可能与我在国外旅行有关。去泰国，他们的沙拉中无芫荽不欢，印度人更是把芫荽籽磨成粉末，当作咖喱的主要成分。西班牙人和葡萄牙人会喝芫荽汤，制作时大量使用芫荽。越南人也是爱芫荽一族。中国人更爱芫荽，叫成香菜。只有日本人对它不熟悉，一尝即吐，可是一旦爱上中华料理，又拼命地添加。

它不只味道好，颜色还非常漂亮。你有没有试过芫荽鲩鱼汤？将大把芫荽放沸水里滚了，下鲩鱼片去灼熟。整碗清炖出来的，除了盐什么调味品都不必加，上桌时汤的颜色碧绿，香味扑鼻，是一个极为好喝的汤，尤其是在宿醉之后，喝了它，即解酒。

芫荽英文名叫coriander，不能和西洋芫荽的parsley混淆，后者只是样子有点像，但叶极大，在国外购买，还是叫cilantro较妥。

也许是我这个写食经的人味觉较为灵敏，我发现当今的芫荽，完全走了味，一点也不像从前吃的。

问友人，大家不觉得，说我发神经，但事实的确如此。不知道是否与基因改造使之产量增大有关。当今我吃东西，回到儿时，把芫荽从汤中夹起，一片片，摆满桌面。

绿色包装

儿时跟妈妈到市场买菜，哪见塑料袋？用的都是咸水草。

咸水草不是长在海里，而是长在咸淡水处。时见溪边一丛丛的草，有人那么高，还以为是芦苇呢。

收割后绑成一扎扎，每扎约八十公斤，放在杂货店里，传出一阵阵的草香，闻了着迷。

"是哪里来的？"问妈妈。

"东莞。"她说。

"东莞在哪里？"

"广东呀！"

哇，厉害！那么一捆草，漂洋过海，来到了热带。南洋小贩都学会用了，熟练地抓起一把菜，用大拇指一压，把草尾一端绕了三圈，松开手指，大力一扯，就牢牢地把菜捆住，交给客人。觉得神奇得不得了。

小贩们都是力学专家，扎白菜、扎萝卜、扎茄子，重的那边绑三分之一，坠落的力量就能平衡。咸水草柔软又结实，提在手上，一点也不痛。

过节，看小贩们用咸水草绑粽子，更觉神奇，草和粽叶都有香味，滚水后令粽内的米和肉更香。

螃蟹被咸水草一扎，动也不动，又不会弄死它。但有些害群之马用咸水草一重重地捆绑，增加了螃蟹的重量，那不是咸水草的错。

看得更令人折服的是用来捆豆腐。妈妈买了两方，小贩先用朴叶包住，再以咸水草扎之。朴叶有两只手掌那么大，当今也和咸水草一样不见了。

什么？也可以扎鸡蛋？原来是用残旧报纸，折成漏斗形，把五六个鸡蛋包了，又是用这个老朋友扎住，就行了。

还有，用咸水草提奶茶咖啡，听过吗？咖啡档口每天用好多罐的炼奶，开罐头的工具尖端有一根尖刺，插进罐头正中央，跟着开罐器的柄上有个尖锐的三角，用力一旋，就开了。

空的铁罐存起来，如果有客人要外卖，就把冲好的咖啡或茶倒进去，用一根咸水草在穿洞的盖底打一个大结，闭起盖，就那么让客人提着走。

生了病，妈妈带我去一家叫"杏生堂"的药店，让医师把了脉，开个药方。伙计们在柜上铺了一张张的玉扣纸，量了分量，抓好草药，一包包地包起，再用一根咸水草扎好。药方折成长条，绑在草上，结了一个结。

那张纸，拆开后练毛笔字，玉扣纸真好用。妈妈说："从前人家拿来擦屁股。"

旧报纸最常见，甚至今天英国人还拿来包Fish and Chips（炸鱼薯条），有了那阵油墨味，才地道。旧杂志更是好用，一张张撕下，卷成一个尖圆筒，印度人抓一把炒香的小绿豆装进去，一筒一毛钱，吃个不亦乐乎。

香蕉叶又长又大，最好用了。叶干很软，用一把马来人称为"巴冷"的开山刀轻轻一挥，就掉下来。接着以利刃劈开叶中间的长茎，取出两片大叶来。湿布抹个干净之后，便可包食物。

最典型的是马来人的早餐椰浆饭（Nasi Lemak），饭一旦加了椰浆，什么劣米都会煮得精彩。饭上加几尾炸香的公鱼仔，一片青瓜上面摆了又甜又辣的叁巴酱（Sambal），就此而成。

用香蕉叶包了米，在微温中焗出叶的香味，和白饭配合得天衣无缝。但香蕉叶容易破开，当今有些马来小贩先以塑料纸铺在叶上再包，滋味尽失。

吃印度饭时，没什么碗碟刀叉，把大片的香蕉叶在地上一铺，添了饭，淋咖喱汁，就那么用手抓起来，一切从简，节省时间又环保。虽然原始，但有一天人类会回归这种方式进食，当一切都被污染之后。

椰子叶又长又细，本来不是什么上乘的包装用品，但味道实在很香，马来人就想到把鱼和咖喱煮得稀烂，酿进叶中，再放在炭上烤。固定两端的是两根细竹签，拔出后打开椰叶，露出香喷喷的鱼饼。后来有人偷懒，以钉书钉钉两头，也环保，但一不小心吃进肚，插个洞也不出奇。

包泰国甜品、包沙爹饭，椰子叶还有很多作用，近乎万能。

和椰子叶很相像的是亚答叶，那是一种只长叶不生干的棕榈科植物，故不高，方便采摘。叶子和叶子之间会长出透明的树籽，用糖腌制了很好吃，又甜又韧，比嚼口香糖好得多。以亚答叶来包住屋顶，能挡阳光和防漏，样子又十分好看。我喜爱得从南洋大批运来，封住我家天台上的小屋屋顶，可惜技术不佳，经一次"三号风球"台风，已被吹得稀巴烂。

天下最爱的绿色包装品，是一种棕榈树的枝干，干枯后一片片剥下，采用连着主干上那块最大的部分，切成长方形，就可以用来包食物。

新加坡还有一档老顽固的小贩，叫"肥仔荣"，位于加冷区的旧羽毛球场隔壁。那一家人以炒伊面著名，侹于现场吃并非那么好，反而要吃打包的。

他们到现在还坚持用棕榈皮来包，再用咸水草扎。加了糖醋腌渍的青辣椒和大量猪油渣，热气还能把叶子的香味焖进面中，是天下美味。

趁未消失之前，快去吃吧，请酒店司机替你买回来，躲在房内品味。我没骗你，那是仙人食物，人生之中，不可不试。

绿色包装万岁。

糨糊与补衣

　　小时的校服，洗濯后一定加糨糊，把它浆得像一张纸那样服服帖帖。有时还添点靛蓝，让变黄的布料，显得洁白。

　　穿袖子的时候"啐啐唰唰"地用力把手伸进去，剩余部分仍然是一张硬翼。

　　经过一天的奔跑喊叫，汗水把糨糊浸湿，发出霉味。

　　"为什么衣服要下浆呢？"我问。我一直不明白。我讨厌那又僵又硬的感觉，但是大人不管三七二十一，还是浆你的衣服。

　　"下浆把衣服弄得又挺又直呀！那才好看。每一个小孩的衣服都上浆，为什么你不肯？"大人反问。

　　"我不要好看，我不要好看，我要舒服。"我不知说了多少遍。

　　衣服破了，大人细心地补，浆后靛蓝更显眼地东一块西一块，让人感到羞耻。我不要补，我要新衣！这一点，大人明白了，但还是无可奈何地补。我是多后悔当初的无知！

现在，纺织业进步，衣料耐用很多，价钱也便宜，如遇特价更是人人都买得起。重工业不发达的地方全靠纺织女去打天下，以致先进国要以配额来限制入境打工人数。有些人不但只穿新衣，还要糟蹋。我有个亲戚是做家庭制衣工业的，召集了许多人力，辛辛苦苦地缝出一打打恤衫。价钱低贱，专门出口到沙特阿拉伯，让他们即穿即扔，连洗都不洗，真是罪过。

街上再也看不到穿着缝补过的衣服的人。不管多穷，大家都有能力买新衣。缝补的技术，已渐渐地被遗忘。

人类对服装的流行，幻想力有限，通常几十年便复古一次。曾受欢迎的丝绸，今天已经无人问津，而是麻质衣料大行其道。在欧洲，几乎人人都有一件。麻质易皱，而且要下浆才挺，衣服又开始用浆加靛了。

有一天，补过的衣服也一定会变成最时尚的装束，但是已经很少人会补。在分秒必争、机器代替人类的社会，手工将是最昂贵的。时装公司会训练一批人来补衣，不同的是，已非慈母针线。我又要叫喊，我不穿。

海南师傅

小时候理发，不是跑到印度师傅那里去修，就是跑去给海南人剪。

理发铺子的招牌真怪，左边开了一家叫"知者来"，生意一好，右边马上跟着另一家，叫"就头看"。

一推门，"哎"的一声，生了锈的弹簧好像在骂你。客人真多，坐在有臭虫的硬板凳上等，哪里有什么八卦周刊？报纸都没有一张。

等、等、等，已经老半天了，风扇把剪细了的头发吹进鼻子，大声打喷嚏，四五个剃头佬一起转过头来睁大眼睛瞪着我，只好把头缩到脖子里去。

摇着脚，东张西望。见一个个的赤裸灯泡，原来是挖耳朵用的，理发匠用那几根毛已发黄的东西替客人掘宝藏。哇！岂不会把耳朵挖出脓来？

轮到我了，那家伙把一块木板放在椅子的两个把手上，我乖乖地爬了上去。先用一块像挂图一样的白布包着你，往颈项上一箍，差点没有把我弄到窒息。

再来是用大粉扑，"噼噼啪啪"地乱涂一顿，白粉纷飞，那个难闻的味道，到现在还是忘不了。

跟着他拿了一把发钳，"吱吱喳喳"地在我的后脑剪一圈，声音就像用金属器物在玻璃上刮的那么难听，牙肉都酸掉。剪得很快，夹住你的发根也不管，往上一拔，痛得眼泪掉下来。

不知不觉中，小毛发自动钻到你的身上，刺到浑身又痛又痒，刚要摆脱它们，那剃头佬又大力地把你的头一按，比电影中的大胖子、露胸毛的刽子手还要凶。

好歹等他剪完，照镜子一看。哇，和哥伦比亚的三傻短片的那个"模亚"一样，一个西瓜头。

走出店铺，看到街边坐了一个人，理发匠将他"就地正法"。

想想，唉，自己算是付得起钱进剪发铺子的人，心里好过一点。

警察来抓人，无牌剃头师赶紧走开，客人的头只理了一半，呱呱大叫。理发匠边跑边说："明天再来，不收你的钱！"

往生

　　除非在海外工作，否则绝对抽不出时间走开，不然的话每年总要回新加坡两回，为父母祝寿。

　　十六年前家父仙游，时为一月六日，出生日和忌期同一天，享年九十。

　　之后每年还是两回，一为拜祭父亲，一为庆祝家母生日。

　　妈妈也走了，我刚好和查先生及倪匡兄夫妇在墨尔本度假，接到电话即奔丧。不知不觉，到二〇一一，已三年。

　　父母合葬于南安善堂，经家庭会议，决定拜祭也在同一天举行，这次回新加坡，就为了此事。

　　老家变卖掉了，弟弟有他的新居，姐姐和一大群子孙一块儿住。前一晚，我在Fullerton（富丽敦酒店）下榻，一向在这家酒店住开，还是那间Loft型的小套房，楼下客厅，爬上旋转楼梯，才到楼上卧室，环境十分熟悉，已当是自己的家了。

　　翌日一早，依惯例，家属一同到加冷巴刹（菜市场）买金银衣、香烛等拜祭品，当然没有忘记烧给爸爸的香烟。浇在地上的白兰地，妈妈最爱，用的是原装货，而新衣，则是两包，父母各一。

在同一个善堂，为哥哥上一炷香。屈指一算，哥哥离开我们也有十三年了，再去找到爸爸亲哥哥的太太三嫂的灵位，另上一炷。她的儿子蔡树根是我们敬爱的堂兄，也在这里，加起来一共五位，打起麻将来疲倦了，可以轮流坐下，好不热闹。

我一向对这些摆置骨灰龛的场所没有什么好感。但南安善堂是一个很干净的地方，母亲又在这个集团开的小学做过校长，故印象较佳。另一个觉得亲切的，是善堂内所有的对联，都用了丰子恺先生的墨宝集字而成，没有后人乱写的恶习，舒服得多。

自己往生后会不会也弄一个？我对那些并排挤在一起的地方不以为然，但这回也买了一个灵位陪陪父母。至于骨灰，我一向常居住在外地，就撒在世界各个国度的大海吧。

迷你

回家拜祭父亲的忌辰。已经逝世多少年？我们子女儿孙都不忘记，也不必去记，老人家永存于我们心中。

晚餐在家吃，我做菜，大概是与每天吃的东西有点变化，大家都说还可以。

饭后一家人看电视，弟弟和他老婆养的三十多只猫中，只有一只老虎斑纹的走来躺在我怀里，其他猫对我不理不睬。

"他叫迷你。"弟媳妇说。

"又肥又大，怎么是迷你？"我问。

"起初捡回来的时候又干又瘦，像营养不良，我们真怕养不大，到底活了下来，但还是很小，就叫他迷你。想不到这几个月忽然胖了起来，要替他改个名字才行。"弟弟说。

他们夫妇对猫用的都是第三人称，最近弟弟也在报纸上写散文，一描写到猫，从来不用一个"它"字，都是"他"或"她"。

"迷你最爱给人抱，"弟媳妇说，"而且最听话，要他做什么都行。不信你试试看。"

　　我把迷你整只翻过来，搔他的肚子，咕咕作声，一点不反抗，眯起眼睛享受我的抚摸。

　　真是怎么逗他都不生气，迷你的尾巴末端是卷曲的，我想知道到底是怎么一回事。摸上去才发觉骨头有点变形。旁的猫一接触到尾部一定生气，迷你若无其事。

　　走到哪儿他跟到哪儿，我什么事都做不了，太过黏人了。扔一些下酒的虾饼给他吃，吃完又跑回来。

　　"迷你有什么吃什么。"弟媳妇说。

　　"好。"我就把手上的啤酒倒在茶杯让他试试。迷你没那么笨，闻了一下，不喝，我知道他的死穴在什么地方了。

　　收拾行李回香港，迷你依依不舍，从头跟到尾，我去冰箱拿了几罐啤酒开了，并灌入肚，满口酒味，迷你终于让我走。

昨夜梦魂中

为什么记忆中的事，没做梦时那么清清楚楚？昨晚见到故园，花草树木，一棵棵重现在眼前。

爸爸跟着邵氏兄弟，由内地来到南洋，任中文片发行经理并负责宣传。不像其他同事，他身为文人，不屑利用职权赚外快，靠薪水，两袖清风。

妈妈虽是小学校长，但商业脑筋灵活，投资马来西亚的橡胶园，赚了一笔，我们才能由大世界游乐场后园的公司宿舍搬出去。

新居用叻币四万块买的。双亲看中了那个大花园和两层楼的旧宅，又因为父亲好友许统道先生住在后巷四条石，便购下这座老房子。

地址是人称六条石的实笼岗路中的一条小道，叫Lowland Road，没有中文名字，父亲叫为罗兰路，门牌四十七号。

打开铁门，车子驾至门口有一段路，花园种满果树，入口处的那棵红毛丹尤其茂盛，也有芒果。父亲后来研究园艺，接枝种了矮种的番石榴，由泰国移植，果实巨大少核，印象最深。

屋子的一旁种竹，父亲常以一用旧了的玻璃桌面，压在笋上，看它变种生得又圆又肥。

园中有个羽毛球场，挂着张残破的网，是我们几个小孩子至爱的运动，要不是从小喜欢看书，长大了成为运动健将也不出奇。

屋子虽分两层，但下层很矮，父亲说这是犹太人的设计，不知从何考证。阳光直透，下起雨来，就要帮奶妈到处闩窗，她算过，计有一百多扇。

下层当是浮脚楼，摒除瘴气，也只是客厅和饭厅、厨房所在。二楼才是我们的卧室，楼梯口摆着一只巨大的纸老虎，是父亲同事，专攻美术设计的友人所赠。他用铁线做一个架，铺了旧报纸，上漆，再画为老虎，像真的一样。家里养了一只松毛犬，冲上去在肚子上咬了一口，发现全是纸屑，才作罢。

厨房很大，母亲和奶妈一直不停地做菜，我要学习，总被赶出来。只见里面有一个石磨，手摇的。把米浸过夜，放入孔中，磨出来的湿米粉就能做皮，包高丽菜、芥蓝和春笋做粉粿，下一点点的猪肉碎，蒸熟了，哥哥可以一连吃三十个。

到了星期天最热闹。统道叔带了一家大小来做客，一清早就把我们四个小孩叫醒，到花园中，在花瓣中采取露水，用一个小碗，双指在花上一弹，露水便落下，嘻嘻哈哈，也不觉得辛苦。

大人来了，在客厅中用榄核烧的炭煮露水，沏上等铁观音，一面清谈诗词歌赋。我们几个小的打完球后玩蛇梯游戏，偶尔也拿出黑唱片，此时我已养成了听外国音乐的习惯，收集不少进行曲，一一播放。

从进行曲到华尔兹，最喜爱了。邻居有一小庙宇，到了一早就要听"丽的呼声"（电台），而开场的就是《溜冰者的华尔兹》（*Skaters' Waltz*），一听就能道出其名。

在这里一跳，进入了思春期。父母亲出外旅行时，就大闹天宫，在家开舞会，我的工作一向是做饮料，一种叫 Fruit Punch 的果实酒。最容易做了，把橙和苹果切成薄片，加一罐杂果罐头，一支红色的石榴汁糖浆，放大量的水和冰，最后倒一两瓶红酒进去，胡搅一通，即成。

姐姐哥哥各邀同学来参加，星期六晚上，玩个通宵。音乐也由我当 DJ，已有三十三转的唱片了，各式快节奏的，桑巴伦巴，恰恰恰，一阵快舞之后转为缓慢的情歌，是拥抱对方的时候了。

鼓起勇气，请那位印度少女跳舞，那黝黑的皮肤被一套白色的舞衣包围着，手伸到她腰，一掌抱住，从来不知女子的腰可以那么细的。

想起曾邂逅一位流浪艺人的女儿，名叫云霞，在炎热的下午，抱我在她怀中睡觉，当时的音乐，放的是一首叫《当我们年轻的一天》，故特别喜欢此曲。

醒了，不愿梦断，强迫自己再睡。

　　这时已有固定女友，比我大三岁，也长得瘦长高挑，摸一摸她的胸部，平平无奇，为什么我的女友多是不发达的？除了那位叫云霞的山东女孩，丰满又坚挺。

　　等待父母亲睡着后，我就从后花园的一个小门溜出去，每晚玩到黎明才回来，以为神不知鬼不觉，但奶妈已把早餐弄好等我去吃。

　　已经到了出国的时候了，我在日本，父亲的来信说已把房子卖掉，在加东区购入一间新的。也没写原因，后来听妈妈说，是后巷三条石有一个公墓，父亲的好友一个个葬在那里，路经时悲从中来，每天上班如此，最后还是决定搬家。

　　"我不愿意搬。"我在梦中大喊，"那是我一生最美好的年代！"

　　醒来，枕头湿了。

第二章

蔡澜

有事问

身世

问：你真会应付我们这群记者。

答：（笑）这话怎么说？

问：我们来采访之前，你就先问我们要问什么题目。问吃的，你把写过的那篇《访问自己关于吃》拿给我们；问到电影的，你也照办，把我们的口都塞住了。

答：（笑）不是故意的，只是常常遇到一些年轻人，编辑叫他们来采访，他们对我的事一无所知，不肯收集资料，问的都是我回答过几十次的。我不想重复，但他们又没得交差，只好用这个方法了。自己又可以赚回点稿费，何乐不为？（笑）但是我会向他们说，如果是我自问自答的内容中没有出现过的问题，我会很乐意回答的。

问：（抓住了痛脚）我今天要问的就是你没有写过的——关于你家里的事。

答：（面有难色）有些私隐，让我保留一下好不好？像关于夫妇之间的事，我都不想公开。

答：行。你问吧。

问：你父亲是怎么样的一个人？

答：我父亲叫蔡文玄，外号石门，因为他老家有一个很大的石门。他是一个诗人，笔名柳北岸。他从内地来南洋谋生，常望乡，梦见北岸的柳树。

问：你和令尊的关系好不好？

答：好得不得了。我十几岁离家之后，就不断和他通信，一星期总有一两封，几十年下来，信纸堆积如山。他一年之中总来我们那里小住一两个月，或者我回家看他。

问：你的一生，有没有受过他的影响？

答：很大。在电影上，都是因为他而干上那一行。他起初在家乡是当老师的，后来受聘于邵仁枚、邵逸夫两兄弟，由内地来南洋发展电影事业，担任的是发行和宣传的工作。我对电影的爱好也是从小由环境培养出来的，那时家父也兼任电影院的经理。我们家住在一家叫南天戏院的三楼，一走出来就看到银幕，差不多每天都在看戏。我年轻时做制片时不大提起从事这一行是我父亲的关系，长大了才懂得承认干电影这行，完全是父亲的功劳。

问：写作方面呢？

答：小时，父亲总从书局买一大堆书回来，由我们几个孩子打开包裹，看看我们伸手选的是怎么样的书。我喜欢看翻译的，他就买了很多《格林童话》《天方夜谭》《古希腊神话》

等书给我看。

问：令堂呢？

答：妈妈教书，来南洋后当小学校长，做事意识很坚决，这一方面我很受她的影响。

问：兄弟姐妹呢？

答：我有一位大姐，叫蔡亮，因为生下来时哭声嘹亮。妈妈忙着教育其他儿童时，由她负担半个母亲的责任，指导我和我弟弟的功课，我一直很感激她。后来她也学了母亲，当了南洋女子中学的校长，那是一间名校，不容易考进去的。她现在退休了，活得快乐。

问：你是不是有一个哥哥和一个弟弟？

答：嗯，大哥叫蔡丹，小蔡亮一岁，因为出生的时候不足月，很小，小得像一颗仙丹，所以叫蔡丹。后来被人家笑说拿了菜单（蔡丹），提着菜篮（蔡澜）去买菜。丹兄是我很尊敬的人，我们像朋友多过像兄弟。父亲退休后在邵氏的职位就传给了他，丹兄前几年因糖尿病去世，我很伤心。

问：弟弟呢？

答：弟弟叫蔡萱，忘记问父亲是什么原因而取名了。他在电视台当监制多年，最近才退休。

问：至于第三代呢？

答：姐姐的两个儿子都是律师。哥哥有一男一女，男的叫蔡宁，从小受家庭影响也要干和电影有关的事，长大后学计算机，住美国。以为自己和电影搭不上道，后来在计算机公司做事，派去做电影的特技，转到华纳，《蝙蝠侠》的计算机特技有份参加，还是和电影有关。女儿叫蔡芸，日本庆应大学毕业，做了家庭主妇。弟弟也有一男一女，男的叫蔡晔，因为弟媳妇是日本人，家父说取日和华为名最适宜，晔字念成叶，蔡叶蔡叶的也不好听，大家都笑说我父亲没有文化。女儿叫蔡珊，已在社会做事。

问：为什么你们一家都是单名？

答：我父亲说发榜的时候，考上很容易看出来，中间一格是空的嘛。当然，考不上，也很容易看出。

问：你已经写了很多篇"访问自己"，是不是有一天集成书，当成你的自传？

答：自传多数是骗人的，只记自己想记的威风史。坏的、失败的多数不提，从来没有自传那么虚伪的文章。我的"访问自己"更不忠实，还自问自答，连问题也变成一种方便。回答的当然是笑话居多。人总有些理想，做不到的事想象自己已经做到，久而久之，假的事好像在现实生活中发生过。但是我答应你，这一篇关于家世的访问，尽量逼真，信不信由你。

金钱

问：金钱，重要吗？

答：哈哈哈哈（干笑四声）。

问：香港，是不是一个以金钱挂帅的社会？

答：英国大班的后代，来到维多利亚港，闻了一闻，问他手下道："这是什么味道？"他的华人同事回答："这是金钱的味道。"香港，是个钱港。

问：高地价政策崩溃之前，有楼房的人都是百万富翁，当今大家都变成负资产了。

答：小部分罢了。买来自己住，变成负资产，是可怜的。多买一间来炒，变成负资产，就不值得同情了。这像买股票一样，愿赌服输，怎么救他们呢？

问：那么大部分的香港人还是有钱的？

答：有，银行的存款，加起来还是数千亿。大部分的香港人花钱还是花得起，看花得值不值得而已。当今不景气，大家省一点，是香港人的应变能力。

问：你认为香港还是有前途的吗？

答：日本人经济一衰退，就是十几年，大家也还不是过得好好的吗？香港也遇过好景的时代，都存了点钱。日本人现在一直在吃老本，十几年没吃完，我们也在吃老本，才几年罢了，呱呱叫干什么？

问：失业大军每天在增加，不怕吗？

答：失业率多过二十世纪五六十年代的香港？当年忍了过来，香港人生存能力多强！比起当年，现在算得了什么？

问：你没担心过？

答：穷则变，变则通。做无牌小贩也好，做门卫也好，不想做，是嫌钱赚得不够多。现在几块钱就能吃一餐饱的，花园街上的衣服也是几块钱一件。香港很少饿死人，也没听过有人冻死。

问：你自己算是有钱吗？

答：那就要看"有钱"的定义是什么了。我只能说够用罢了，我赚钱的本领没有我花钱的本领高，买几件看得上眼的古玩，足够令我倾家荡产。

问：你还没回答我，你重不重视金钱？

答：年轻时被书籍害了，认为钱不重要，要有情有义，有些赚钱的生意，给我我也不想做。年纪大了，才知道钱有多好，但是太迟，现在什么钱都赚，连广告也接来拍。这么老了，还要抛头露面，牺牲色相，真丢人！

问：你有没有算过你有多少钱？

答：真正有钱的人，才不知道他有多少钱。我当然算过，但不是一个很清楚的数目。总之不多，刚才也说了，够用罢了。

问：可不可以准确地为钱下一个定义？

答：钱是好的，但是不能看得太重，当它是奴隶来使用。我从来不用钱包，把钞票往后裤袋一塞就是，有时会丢掉了一些，也不可惜。因为塞在裤袋的钱，加起来也没多少。

问：这是不是和你没有子女有关系？

答：你说到了问题的关键。是的，我的朋友存钱，都是以存给子女为借口。有了下一代，对金钱的看法和没有的完全两样。至今，我没有后悔过。

问：怕不怕有一天，忽然一点钱也没有。

答：永远有这个阴影存在。社会制度健全，就没这种担忧。像日本，老人福利做得很好，看病不要钱，退休金也够养活余年。但是要靠福利，就不是福利了，人一定要活得愉快。活得不愉快，不如别活下去。我一向主张要活，就要活得一天比一天更好！

问：你有钱，才说这种风凉话。

答：我不知道说过多少次，这和金钱不能相提并论，活得一天比一天更好，是看你活得充不充实。多学一样东西，就充实多一点。记一记路旁的树叫什么名字，是不要钱的。记多了就成专家，成专家就能赚钱。

问：我完全听不进去，看你有一天真正穷了，能干些什么？

答：到路边去替人家写春联呀！

问：字也要写得像样才行！

答：之前你就要学呀，学书法花得了你多少钱？学了，生活就充实。生活充实，人就有信心。多学几样，每一样都是赚钱工具，不要等到要靠它吃饱才去学。

道德和原则

问：你是不是一个很守道德的人？

答：哪一个时候的道德？

问：你这句话什么意思？

答：道德随着时间而改变，遵守旧道德观念，死定。

问：什么叫新？什么叫旧？

答：从前的女子，丈夫先走了，守寡是美德。现在的女人，老公死了，你看她孤苦伶仃，就叫她再去找一个。要是你活在旧时代，你是一个劝人败坏道德的人。

问：社会风俗的败坏呢？

答：你一个人的力量，能改变整个社会吗？

问：至少要守回自己的本分呀。

答：说得对。管他人干什么？

问：离婚后的子女问题呢？

答：我们的社会，愈来愈像美国，在美国，一班同学之中，只有你一个父母不离婚的，才受歧视。

问：孝顺父母呢？

答：啊，你问到重点了。但是，这不是道德的问题，这是原则，供养你长大的人，你孝顺他们，是不是应该的？不必回答吧！

问：做人是不是应该有原则？

答：道德水平已经不可靠了。只有原则是个不变的目标，是的，做人应该有原则。

问：原则会不会因为时间而改变？

答：不会。

问：你算是一个很有原则的人吗？

答：我算是一个很有原则的人。

问：你有什么原则？

答：孝顺不在话下，我很守时。

问：别人不守时呢？

答：那是他的事。

问：约了人，你老等，不生气吗？

答：我不在乎等人，所以约会多数是约在办公室，像你这次的访问迟到了，我可以做别的事。

问：（有点羞耻）如果约在咖啡室呢？

答：（注视对方）那要看等什么人了。美女的话，可以等多一会儿。

问：（更羞耻，转话题）对人好，是不是原则？

答：是的，先对人好。人家对你不好，就原谅他，但是，也要远离他。

问：遵守原则，会不会处处吃亏？

答：吃亏，也要看你怎么看吃亏。不当成吃亏，就不吃亏了。要放弃原则很容易。我父亲教我的一些原则，我都死守着，像对人要有礼貌，像借了东西要还，像别无缘无故骚扰人家，像……

问：你答应过的事，一定要做到？原则上，你是不是一个守信用的人？

答：我是。有时承诺过的事现在做不到，但是会一直挂在心上，等有机会，就完成它。

问：婚姻是不是一种承诺？

答：是的。所以我不赞成离婚。当年自己答应过，不应该后悔。除非，对方已经完全变了一个人。对于这个陌生人，你没有承诺过任何事。

问：你说过原则是不会变的！

答：原则没有变，是人在变。

问：你这么说，等于没有原则嘛。

答：曾经有位长者，做事因为对方变而自己变，我问他："你做人到底有没有原则？"

问：他怎么回答你？

答：他说："没有原则，是我的原则。"

生活态度

问：你认为幸福是怎么一回事？

答：幸福是在一个懒洋洋的下午，阳光斜射烟雾缭绕的开放式厨房，和最好的朋友做做葱油饼，被香槟灌醉。再者，老了之后还可以拼命赚钱，远比年轻时赚钱更有自信，幸福得多。

问：你最恐惧的是什么？

答：变成有知觉的植物人。或者，患上老年痴呆症，又失去味觉和性能力。变植物人一点办法也没有。

问：你最大的遗憾是什么？

答：不够时间享受更多的肉体与精神上的痛快。

问：当今还活着的，你最尊敬谁？

答：古人多的是，当今活着的很少，大抵只有金庸先生吧。有华人的地方，就有他的书。他的小说，令我着迷数十年。

问：你自己最大的挥霍是什么？

答：买张贵床，盖条贵被，穿上贵鞋，泡最好的温泉。

问：你如今的心情如何？

答：安详。

问：你觉得男人最可贵的是什么？

答：绅士风度。

问：你觉得女人最可贵的是什么？

答：风趣又性感。

问：你最常用的句子是什么？

答：胆固醇万岁。

问：你最喜欢的作家是谁？

答：太多了，不胜枚举。外国的，所有世界经典名著的作者都喜欢。中国的，我爱一切写明朝小品文的人，还有李渔、袁枚等美食家。精神生活的，当然是丰子恺。

问：你希望有其他的才华吗？

答：也太多，我希望会写曲、作交响乐、弹爵士。我对音乐，接触得太少。

问：撰写的人物之中，你的英雄是谁？

答：金庸的段誉、令狐冲，王尔德的道林·格雷，夏目漱石的猫。

问：现实生活中的人物，你的英雄又是谁？

答：弘一法师。

问：你觉得你一生之中，最大的成就是什么？

答：随便走进香港的任何餐厅，都可以找到一张桌子。

问：你喜欢生活在哪个地方？

答：香港、香港、香港。

问：你最珍贵的收藏品是什么？

答：没有，一切都是身外物。徐悲鸿有一方印章，刻着"暂存吾家"，我很喜欢，我也常用"由我得之，由我遣之"这句话。

问：你认为生命中最痛苦的深渊是什么？

答：基本上，我是一个喜欢娱乐别人的人。有苦自己知，不告诉你。

问：你觉得朋友之中，最珍惜的是什么？

答：最珍贵之处在于能够在思想上沟通，你教我些什么，或者我有什么可以讲给你听。我结的是中等缘。对朋友，我珍惜可以"我醉欲眠君且去"的朋友；我想念"只愿无事常相见"的朋友。

问：其中有谁？

答：倪匡兄。亦舒，虽不见面。金庸先生是亦师亦友。

问：你最不喜欢的是什么？

答：我经常把不喜欢的变成喜欢。

问：什么是最大的憾事？

答：已经忘记。

问：你想怎么样死去？

答：油枯灯灭，悲喜交集，像弘一法师。

问：你的人生目标是什么？

答：吃吃喝喝。

问：你的座右铭是什么？

答：做，机会五十五十；不做，机会等于零。

烦恼

问：看你整天笑嘻嘻的，你到底有没有烦恼？

答：（干笑四声）哈哈哈哈。

问：那怎么没看到你写关于你的烦恼的文章？

答：我想我基本上是一个很喜欢娱乐别人的人，做了半辈子的电影，多少也是一种娱乐事业。喜欢娱乐别人的人，怎会把自己的烦恼告诉人家？

问：哭也是一种娱乐呀。

答：你去做好了。

问：我们年轻人怎么克服烦恼呢？

答：没得克服，只有与它共存。

问：怎么共存？

答：一切烦恼，总会过去的。我们小时候烦恼会不会被家长责骂。大了一点，担心老师追问功课。青春期为失恋痛苦。出来做事怕被炒鱿鱼。但是，这一切不都已经过去了吗？一过，就觉得当时的烦恼很愚蠢，很可笑。我们活在一个刷卡的年代，为什么不尽情享受快乐？既然知道一过去就好笑，不如先笑个饱。

问：这不是阿Q精神吗？

答：什么叫阿Q精神，你还弄不懂，你想说的是逃避心理吧？逃避有什么不好？逃避如果可以解决困扰，尽管逃避，有些事，避它一避，过后它们自动解决。

问：说得容易，做起来难呀！

答：这我知道，但是说比不说好，想比不想好。

问：你难道没痛苦过吗？

答：痛苦分两种，精神上的和肉体上的。精神上的痛苦是想出来的。不想，痛苦就没了。肉体上的痛苦才是真正的痛苦。人家砍你一刀，你一定会痛苦。女朋友走了，你认为还有新的，就不痛苦。

问：什么情形下才产生烦恼？

答：个人看得开的话，烦恼不出在自己身上，是出在你周围的人身上。喜欢的人，在不知不觉之中，完全变成另一个人，而你自己又改变不了对方的想法，烦恼就产生了。

问：我们年轻人怎么解决？

答：没得解决。一是离开这个人，二是强忍。都是看你爱对方爱得有多深。其实，也都是自己想出来的。因为你两者都想要，或者两者都做不了，烦恼就来了。

问：我们年轻人分不开，也不懂。

答：你别整天把"我们年轻人"挂在口中，我们也年轻过。年轻时分不出什么是烦恼，什么是一定要活下去。年轻人享受体验烦恼的感觉，就像辛弃疾所说的"为赋新词强说愁"。大家都有过这个阶段，省悟得早，省悟得慢，要看一个人的悟性了。

问：多愁善感，美不美？

答：不美，什么事都想到负面上去，这种人要避开。林黛玉也许很吸引年轻人，但这种女人闷死人，整天哀哀怨怨，烦都烦死了，送给我我也不要。

问：那是天生的呀！

答：我也承认这一点，物以类聚，让他们相处在一起，互相享受好了。我们不同的人，要避开。

问：避不了呢？

答：又要回到爱得有多深、忍与不忍的问题了。

问：（懊恼）说来说去，还不是没说。

答：有一种办法，叫作自得其乐。

问：怎么自得其乐？

答：做学问呀！

问：普通人怎么做学问？

答：我所谓的学问，并不深。种花、养鸟、饲养金鱼。简简单单的乐趣，都是学问。看你研究得深不深，热情有多少。做到忘我的程度，一切烦恼就消失了。你已经躲进自己的世界，别人干扰不了你。

问：做买卖算不算是学问？

答：学问可大着呢。研究名种马的出生也是学问。

问：我什么都不会，也没有兴趣，怎么办？

答：看漫画有兴趣吧？

问：有。

答：什么漫画都看好了。中国的连环画、日本的暴力书、英国式的幽默书。等你看遍了，就是漫画专家，没有烦恼了，还可以靠它赚钱呢。

问：我明白了，所以你又拍电影，又写作，又学书法和篆刻，又卖茶，又开餐厅，你的烦恼，一定很多。

答：……（表示沉默）

岁月的逝去

问：你不避讳谈谈死亡的问题吧？

答：人生必经之道。避讳些什么？这是东方人的缺点，以为长寿是福，从不谈及死亡的问题。活得不快乐的话，长寿怎会是福分呢？

问：今后会有什么计划？

答：小时候，老师鼓励我们在一个年月的开始写下要做什么。大了，不做这些傻事。

问：你想你会活多久？

答：目前科学和医学发达，我要是能活到七十，不算要求过高吧？一定要我说出一个计划，就来个十年计划。十年过后，如果不是这里痛那里痛的话，那么再定一个十年计划也不迟。

问：你有没有想过这个十年计划中，你会做些什么？

答：想过。想得老半天，想不出一个头绪。还是随遇而安，一天过一天吧。人的生命，是那么脆弱。从夭死的亲戚和朋友那里，我们可以得到这种结论。计划归计划，现实生活中将会发生些什么，谁知道？

问：难道连一个月的也没有？

答：我最不喜欢有什么目的或者有什么使命的。如果硬说需要什么指标，那么还是一句老话：希望活得一天比一天更好。今天比昨天快乐，明天又要比今天充实。

问：什么叫充实？

答：多看书，多旅行，多观察别人是怎么活下去的，多学一点你想学的东西，就会感到充实。像我最近才学会用电脑上网，就有充实感。

问：物质上的享受重不重要？

答：回答你不重要，是骗你的，我的欲望还是很强烈。我的一个食评专栏名字叫《未能食素》，和吃不吃肉没有关系，那是代表我对物质的放不下，我还不能达到无欲无求的层次。

问：有一天，没有了欲望，你会做什么？

答：做和尚呀！

问：你不是开玩笑吧？

答：一点也不是在说笑，认真的。等那时候到来，我就去泰国清迈，在那里我买一块地，搭一间工作室，用木头刻刻佛像。懂得艺术的和尚多数会受到尊敬。

问：做了和尚，还管得了受不受尊敬？

答：（脸红）你说得对。所以我说我六根未净嘛。

问：还是谈回死吧。

答：人生下来，自己是不能决定的。但是，我想，死最好能够由自己掌握。小时候看过马克·吐温的小说《顽童流浪记》，主人翁骗大家，假装被淹死了，然后偷偷地回来看自己的葬礼，那多有趣！

问：你的葬礼是怎么样的一个葬礼？

答：最好是像开大派对一样，载歌载舞，开香槟，不要任何哀愁，只有欢乐。

问：然后呢？

答：然后结束自己的生命呀！

问：可能吗？

答：高僧都知道自己什么时候死。像弘一法师，他最后写了"悲欣交集"四个字。我还没决定要写哪四个字，给我一点时间想想。

问：你觉不觉得老？

答：古人有句"丹青不知老将至"的句子，幸好我的头发虽然白了，但是还没掉光，所以也不感觉老。体力大大不如从前，但思想上可是愈来愈年轻，觉得周围的人都比我稳重。我常开玩笑，说我和年轻人有代沟，我比他们年轻。

问：你吃得好，住得好，当然比很多人年轻啦。

答：我吃得好，住得好，是年轻时付出了勤劳的代价。我也有经济不稳定的岁月，我不是在说风凉话。我和年轻人有代沟，是我觉得他们对生活的态度不够积极。

问：还有什么想吃的东西？

答：很多。但是大部分我都吃过，我现在看到鲍参肚翅就怕，宁愿吃豆芽炒豆卜。

问：有没有不敢吃的？

答：前几天去了东京，那间"吉野家"的牛丼没有人敢吃，我才不怕，照吃不误。疯牛症的潜伏期有十年，如果我有计划，那刚好到期。再过三年，我也不管艾不艾滋了，艾滋病的潜伏期是七年嘛。哈，老，是人生一张自由自在的通行证。

问：真的不怕死？

答：人生充实了，对死亡的恐惧相对减少。我好像告诉过大家这么一个故事：有一次，我乘长途飞机，旁边坐了一个彪形大汉的老外。遇到了不稳气流，飞机颠震得厉害，老外拼命抓紧手把，我若无其事地照喝我的酒。气流过后，老外看我看得不顺眼，问我："你是不是死过？"我懒洋洋地举起食指摇了一摇，回答道："不。我活过。"

收藏

问：文人通常收藏些字画，你有没有？

答：我不例外，很少罢了。最珍贵的是冯康侯老师的书法和篆刻作品。老师生前我不敢向他要，他主动送了我一两幅，过世后我也向人买了一些，就此而已。

问：你的另一位老师丁雄泉呢？

答：送过一幅小的。另外有一幅是他白描，由我上色，他为了我题上两人合作的字句，真是抬举我了。

问：其他呢？

答：有几幅辛德信的西洋画，还有一些弘一法师及丰子恺先生的，都是我心爱人物的作品。

问：按你现在的经济条件，收藏一些名人字画，是买得起的呀。

答：名人画也有好坏，不精的买得起，精的买不起。精的留着在博物馆看，不精的不值得收藏。

问：你从来没有当收藏是一种投资吗？

答：（叹）我不知说过多少次。收藏字画或其他艺术品，等到有一天要拿出来变卖，就倒了祖宗十八代的霉了。如果当成投资的话，早就改行学做古董鉴定家了。

问：小的时候呢？

答：小的时候也和同学一样，学过集邮，也下了不少功夫，如果能留到现在，也许值钱，但中途搬家搬了好几次，也散失了。

问：年轻时呢？

答：在日本期间，也收集过不少火柴盒，但一下子就生厌了，全部扔掉。不过买打火机和烟灰盅的兴趣还是有的，每到一个新的地方，看到有特色的，一定买，不过不会花太多钱。多年下来，也有好几百个。

问：近来听说你要戒烟了？

答：咳得厉害，看来是要戒的。

问：那么那些打火机和烟灰盅呢？

答：可以编好号，集中起来卖掉，钱捐出去。卖不掉的话，找个我喜欢的人，也抽烟的，送给他好了。

问：还有什么舍不得分给人的呢？

答：只有茶盅了。

问：茶盅？

答：也有人叫为盖碗。旧式茶楼像陆羽和莲香，到现在也有用来沏茶的瓷器。喝普洱的话，叶粗，用紫砂工夫茶壶不实际，还是用茶盅好。

问：你收藏的是什么茶盅？

答：只限于民国初期的。

问：为什么？

答：比民国初期还要老，像清朝的，太贵了，买不起，还是去博物馆看。当今的，手工太粗，胎太厚，手感不佳，又俗气的居多，不值得买。

问：民国初期的茶盅有什么特别？

答：都是生活中用的，很平凡，但是当年的人比较优雅，做出来的普通用器有很高的品位。我从四十年前来香港时开始收集，最多是三四十块港币一个。

问：现在呢？要卖多少？

答：至少四五百吧，有的还叫到一两千呢。

问：那你有多少个？

答：很多。

问：你会拿来用吗？

答：（笑）当然。这些所谓的半古董，打破了也不可惜。玩艺术品的境界，是摩挲。不拿在手上用，只是看，不过瘾的。

问：怎么用？

答：每天拿来沏茶呀。春天用"花开鸟鸣"的图案，夏天是"古人树下纳凉"，秋天是"一片枫叶"，冬天是"大雪中烹茶"。还有大大小小、各种不同的形状，都可以变化来用。

问：你可以看出是真品吗？怎么看？

答：我不贪心，只研究一样茶盅，也只学民国初期的。像一个当铺学徒，从好货看起，我很努力地去博物馆看，看久了，知道什么是真的，什么是假的。

问：买过假的吗？

答：当然。但是假得好，假得妙，也当是真的。

问：打破了多少个？

答：无数，多是家政助理经手的。我自己洗濯时很小心，旅行时也带一个，放在锦盒中，不会碎。薄胎的茶盅很有趣，用久了总会有一道裂痕，但不会漏水出来，冲入滚水之后，瓷与瓷之间的分子相碰，竟然会发出"锵"的一声，像金属的撞击声，很爽脆，很好听。

问：我从来不会用茶盅。只懂得用茶壶，用茶盅会倒得满桌都是茶。

答：没有一个人从一开始就会用茶盅的，都得经过训练。我开始的时候也和你一样，倒得满桌都是，后来立心学，买一个普通茶盅，在冲凉时拼命地学斟，一下子就学会了。你也应该学得会。

照片

问：你主持过一些电视节目，有没有人要求和你拍照片？

答：有些认出我的人，等了好久才鼓起勇气，问我可不可以和他们拍一张照片。我总是说："我正在担心你会不会这么问呢。"

问：你有耐心吗？

答：有。不过有些人也实在要求多，来了一张又一张，贪得无厌时，我会借故走开。通常拍完一张之后他们总会说再来一张，我做个顺水人情，没等他们开口，先说："补一张保险吧。"

问：有什么苦与乐？

答：乐事是遇到一对夫妇，五兄弟姐妹。他们老是说："你站在中间。"你知道的，中国人迷信：拍照片站在中间的人会死掉。如果这种迷信是真的，我不知道死了多少回。苦中作乐，看到拿相机的人总是强闭着一只眼睛，嘴巴也跟着歪了，表情滑稽，就笑了出来。

问：眼睛不花吗？

答：花。有时一群人围过来，先拍张团体的，又一个个要单独照，眼前闪光灯亮个不停，留下黑点，弄得头晕，是常事，也惯了。

问：什么情形之下，你会觉得不耐烦？

答：又换角度，又对焦，左等右等就有点烦，他们比相机还要傻瓜。

问：会不会到讨厌的程度？

答：一般不会。有时出现个非亲非故的生人，一下子就来个老友状，勾肩搭背，如果对方是个大美人，又另当别论，否则真想把他们推开。最恐怖的是有些大男人还要抓你的手，一捏手汗湿淋淋，我又没有断袖之癖，真有点恶心。

问：但是总得付出代价的呀！

答：说得不错。不过如果能照成龙的主意就太好了，成龙说最好是弄个箱子，要求合照就捐五块十块，给联合国儿童基金会。他老人家收获一定不错，我就做不了什么大生意，最好是把箱子里的钱偷去买糖吃。

问：我们记者来做访问，通常都带个摄影师来拍几张，你不介意吧？

答：摄影师大多数要求把手放在栏杆上或者双腿交叉着站，我都很听话，有时还建议："要不要我把一张椅子放在面前，一脚踏上去，手架在腿上，托着下巴？"这种姿势，二十世纪三四十年代最为流行。

问：哈，你也照做？

答：我只是说着玩的，他们真的那么要求，我就逃之夭夭。

（这时候摄影师走过来，向我说："请等一等，我把背后的那盆花搬一搬。"）

答：我说一个故事给你听。从前我在邵氏制片厂工作，有一位叫张彻的导演，当摄影师要求道具工人把主角背后的东西搬来搬去时，张彻一定对摄影师说："你看到背景是什么的时候，你一定看不到主角脸上的表情。"

问：哈哈，杂志和报纸上登出来的照片，你满意吗？

答：没什么满不满意的。不管摄影师拍得好不好，回到编辑室，老编辑总是选那几张最难看的，他们在这一方面特别有才华。

问：你珍不珍惜报道你的文章和照片？

答：我不太去注意。有些人不同，他们一生没什么机会见报，所以特别重视。又有些人给水银灯一照，即刻上瘾，非制造些新闻出来不可。这是一种病。他们本人并不觉察，还拼命向记者说把名和利看得很淡，不爱出风头。其实他们一早就去买报纸和杂志，翻了又翻，看到照片小了一点，就伤心得要命。真是可怜！我才不会那么蠢，我知道有时一群记者围着你拍照，隔天一张也不登出来是常事。

问：你觉得还是低调一点比较好？

答：我也不介意以高姿态出现。干的是娱乐人家的事业嘛，要避也避不了，假惺惺什么？有些人口口声声说低调，结果杂志登出来的照片都是摆了姿势的，连他们的家里和办公室都拍出来，从家具和陈设看来，品位奇低。

问：对狗仔队，你有什么看法？

答：是一种职业。国外老早就有了，不是我们发明的。说是狗仔队跟踪，哪有那么巧？拍出来的照片大多数像事先安排好的，被拍的人心中有数，天下也没那么好的望远镜头，狗仔队跟踪的人怎么会毫不知情？如果连这一点也不够醒目，那么丑事被拍下来也是活该。

问：狗仔队会不会跟踪你？

答：我总是事先声明："寡人有疾，寡人好色。"就算搞什么绯闻，编辑老爷看到了狗仔队拍出来的照片，往字纸篓一丢，骂道："理所当然的事，有什么好拍的？"

问：那你一点也不怕狗仔队？

答：怕。

问：怕什么？

答：怕从麦当劳快餐店走出来，被拍一张，一世功名，毁于一旦。谁说我不怕？

吃

问：为什么对吃那么有兴趣，从什么时候开始的？

答：凡是好奇心重的人，对任何事物都有兴趣。吃，是基本嘛。大概是从吃奶时开始吧。

问：会吃东西后，你最喜欢什么？

答：我小时候很偏食，肥猪肉当然害怕，对鸡也没多大兴趣。回想起来，是豆芽吧，我对豆芽百食不厌，一大口一大口地塞进嘴里，家父说我食态像担草入城门。

问：你自己会烧菜吗？

答：不会。

问：电视上看过你动手，你不会烧菜？

答：不，不会烧菜，只会创作。No, I don't cook. I create.（笑）

问：请你回答问题正经一点。

答：我妈妈和我奶奶都是烹饪高手，我在厨房看看罢了。

到了国外自己一个人生活，想起她们怎么煮，实习，失败，再实习，就那么学会的。

问：你自己第一次做成功的是什么菜？

答：红烧猪手。当年在日本，猪手是扔掉的。我向肉贩讨了几只，买一个大锅，把猪手放进去，加酱油和糖，煮个一小时，香喷喷地上桌。家里没有冰柜，刚好是冬天，把吃剩的那锅东西放在窗外，隔天还有肉冻吃。

问：最容易烧的是什么菜？

答：龙虾。

问：龙虾当早餐？

答：是的。星期天一大早起身，到街市去买一只大龙虾，先把头卸下斩成两半，在炉上铺张锡纸，放在上面，撒些盐慢火烤。用剪刀把肉取出，直切几刀再横切薄片，扔进水中，即卷成花朵状，剁碎辣椒、芹菜和冬菇，红绿黑地放在中间当花心，倒壶酱油点山葵生吃。壳和头加豆腐、芥菜和两片姜去滚汤，这时你已闻到虾头膏的香味，用茶匙吃虾脑、刺身和汤。如果有瓶好香槟和贝多芬的音乐陪伴，就接近完美。

问：前后要花多少时间？

答：快的话半小时，但可以懒懒慢慢地做。做菜是消除寂寞最好的方法。一个人吃东西的时候，千万别对自己太刻薄，做餐好吃的享受，生活就会充实。

问：你已经尝遍天下美食？

答：不可以那么狂妄，要吃完全世界的东西，十辈子也不够。

问：哪一个地方的花样最多？

答：香港。别的地方最多给你吃一个月就都吃遍了。在香港，你需要半年。

问：大排档已经越来越少，东西也越来越不好吃了。

答：所以我大叫保护濒临绝种的菜式，这比较实在。

问：你什么时候开始写食经？

答：专栏《未能食素》。

问：未能食素，你不喜欢素菜？

答：未能食素，还是想吃荤东西的意思，代表我欲望很强，达不到彼岸的平静。

问：写餐厅测评，要什么条件？

答：把自己的感想老实地记录下来就是。公正一点，别因别人请客就一定要说好。有一次，我吃完了，甜品碟下有个红包，打开来看，是五千块。

问：你收了没有？

答：我想，要是拿了，下次别家餐厅给我四千九百九，我也会开口大骂的。

问：很少读到你骂大排档式的食肆的文章。

答：小店里，人家刻苦经营，试过不好吃的话，最多别写。大集团就不同了，哼哼。

问：你描写食物时，怎会让人看得流口水？

答：很简单，写稿写到天亮，最后一篇才写食经。那时候腹饥如鸣，写什么都觉得好吃。

水果

问：你喜欢哪一种水果？

答：关于美食，别人问来问去，太过笼统，缩小成一项水果，我倒有兴趣回答。我可以说，凡是甜的水果，我都喜欢。

问：为什么只是甜的，酸的不行吗？

答：水果给我的印象，是甜的。道理就那么简单。

问：好，就集中谈甜水果，有没有"最"喜欢的？

答：像女人一样，要选"最"很难。

问：那么举其中一种为例吧。

答：榴梿。

问：是不是因为你在南洋长大？

答：有绝对的影响。

问：那么有什么不吃的？

答：黄梨。台湾人叫凤梨，香港人称为菠萝，我不吃。

问：为什么？

答：我小时候去马来西亚旅行，看到一大片菠萝田，工人收割后就放在路边，堆积如山，任何人偷来吃也不管。我们把车子停下，没有刀，把菠萝摔在路上，砸碎了来吃。一连吃十几个，菠萝的纤维把我的嘴都刮破了，又酸得要命，从此对它印象极坏，绝不去吃。当今有人提起菠萝两个字，我敏感得从发根流出汗来，不相信，你现在摸摸看。

问：哈哈，果然是湿的，真厉害！饶了你，说回你爱吃的吧，你每年带人到日本吃水蜜桃，难道真的那么好？

答：从小听人家说，最好的水蜜桃，只要用吸管一插，就能吸出汁来。我打听了很久，最后有一个山东人说日本那儿的水蜜桃果然如此，就跟他去了。到了之后，果园主人采下一个，用手拼命地按摩，挤得它差点烂掉，拿小管一插，叫我吸。我看他手那么脏，才不敢呢。日本的水蜜桃，冈山种的才好，的确美味。

问：还有什么？我逐样数好不好？木瓜呢？

答：我只爱夏威夷种的，它有一股清香；其他地方种的，我多数榨汁来喝。吃完了辣的东西，一定要用木瓜去中和，才无后患。

问：荔枝呢？

答：我组织了一个旅行团到增城去，发现所谓的挂绿，都已变了种，反而没有在东莞吃到的那么甜。树上采的，经过日晒，不好吃，不如买回来在雪柜中冻一冻的美味。龙眼也是一样的。

问：葡萄呢？

答：（笑）当然酸的不吃。最甜的葡萄，是澳洲产的Sultana（一种无核小葡萄干）。吃新鲜的固然好，在树上晒成的葡萄干也不错，没有核。另一种美国的黑色葡萄，有个"4038"的号码，也最甜。

问：芒果呢？

答：有种又小又绿又丑的台湾芒果最好。通常的吃法是一买一大箩筐，买回来后在地上铺报纸，又摆一桶水，把湿毛巾放在旁边。这种芒果会吃上瘾，愈吃愈爱吃，吃个不停。到最后吃光了，洗完手用毛巾一擦身体，流出来的汗，也是黄色的。

问：草莓呢？

答：不太吃，怕酸，后来去了日本在冬天吃。

问：草莓是夏天的果实呀！

答：日本人说夏天果实太多，冬天缺少，就一二三联合起来，冬天在温室中种。我起初也不相信会是甜的，后来试了一口，居然不酸。但还是担心，要蘸着炼奶才肯吃。

问：温室蜜瓜，不会不甜吧？

答：你错了，也有些不够甜的，所以买日本蜜瓜，一定要选"一棵一果"的，就是在枝上长出许多小蜜瓜的时候，把其他的都剪掉，只剩一个，有充足的糖分供养，那么一定甜。切开后，还真的看到果肉内有一层蜜呢。

问：西瓜呢？

答：夏天的恩物，但也要冷了才好。古人已经学会把西瓜放在井里冻过夜。四方形西瓜、金字塔形西瓜，都是噱头，看看就行，不必去试。

问：橙呢？

答：新奇士的，我也嫌酸。在墨西哥的时候吃到的又丑又小的橙，最甜了。台湾的橙子不错，泰国也有一种丑的绿橙，很甜。其他的都不吃。

问：橘子呢？

答：多数信不过，很少去碰。偶尔看到所谓的"砂糖橘"，又丑又小，可以吃。

问：柿子呢？

答：只吃熟透又软又多汁的，甜的柿干，也喜欢。

问：有没有偏门一点的？

答：南洋有一种叫"尖必辣"的水果，外形像个迷你大树菠萝，割开皮，里面有数十颗果实，像吃榴梿一样吃。已有几十年没尝到这种美味，这次去了槟城再吃到，真甜，又香，核子还可以拿去煮熟，比栗子还要好吃，最喜欢了。

烟

问：我自己不抽烟，反对抽烟。抽烟损害健康。

答：立场问题，我抽烟。我并不认为不抽烟的人的身体会好到哪里去。

问：政府已于二〇〇七年一月起实施食肆全面禁烟。

答：食肆全面禁烟，从洛杉矶开始，是一种流行，像时装一样，大家模仿。我想香港终有一日连在家里抽烟也会被罚。香港餐厅刻苦经营，目前是有史以来最艰难的时期。

问：你从几岁开始抽烟？

答：十二三岁吧。我读的华侨中学有个后山，休息时和同学一起去树林里，你一根我一根，就抽了起来。反叛的行为是过瘾的。

问：受谁影响？

答：看到詹姆斯·迪恩冬天在纽约街头的一张黑白照片，穿了大衣，缩着身体，雨天之下也衔着一根烟，寂寞得厉害，就决定抽了。

问：家人抽不抽？

答：父母都吸烟。家父抽到九十，每天两包，才过世的。家母抽到六十，有支气管炎毛病，医生说烟或酒要戒掉一样，她戒了烟。之后老人家照样喝酒，活到九十八。也许我抽烟喝酒都是遗传，不是我的错。我不知道我爷爷有什么其他嗜好，也遗传了给我。

问：你抽哪一个牌子的香烟？

答：美国牌子的都可以。香烟分两种，英国牌子的烟叶黄，像三个五等，中国人抽的多数是这个牌子的。美国牌子的烟叶较黑，像万宝路等。

问：最初呢？

答：最初偷我妈妈的美国好彩牌抽，没有滤嘴的。后来去了日本，抽便宜的 Ikoi、Golden Bat 等，连玻璃纸包装都节省的那几种。赚到钱后，抽高级的德国烟"黄金盒子"，也抽法国"吉卜赛人"，用的是土耳其烟叶，别人闻起来臭得要死，自己抽得很香。

问：现在呢？

答：现在愈抽愈薄，连白色盒子的特醇万宝路都觉得太浓，抽的尽是一毫克焦油的杂牌。不太吸得出烟来，太薄了，像在吸蜡烛。

问：干脆戒掉好了。

答：我抽烟抽到喉咙都吐出去，不吸进肺里。戒与不戒没什么关系。抽烟完全是一种习惯，一种手瘾。我常说，我抽烟，是因为手指寂寞。

问：要你戒，好像是不可能了吧？

答：怎么没可能呢？从前人家也说我绝对不会戒酒的呀！但是我现已少喝了，不是因为健康，而是忽然有一天，我认为天天喝酒喝得有一点闷，就少喝了。如果遇到好朋友，酒量照常。倪匡兄也说他戒了酒，但是我去旧金山找他时，两人聊聊天，就干掉一瓶白兰地。有一天，我觉得抽烟抽得闷，也会少抽。

问：你有没有收集烟灰盅和打火机的习惯？

答：有，家里什么都不多，这两样东西最多。到国外旅行，看到手工精巧，又花心思的烟灰盅，一定买了带回买，每一个烟灰盅都有一段故事。至于打火机，从前用过名贵的，但是发觉它们重得像棺材一样，一带出去又即刻不见，好心痛。现在用的都是即用即弃的那种，但要求设计漂亮，愈轻愈好，愈便宜愈好。买的打火机，永远不会超过十美金。

问：你抽烟的习惯，像不像令尊？

答：像得不得了。他抽烟时一直是在想东西或者和人家聊天，常常把烟灰留得长长的，别人看了替他担心会不会掉得遍地都是的时候，他又在断掉之前轻轻敲进烟灰盅里。这一点，我一模一样。认识我父亲的人，看到我这个样子，都说有其父必有其子。

问：你反对女人抽烟吗？

答：男人自己抽，怎会反对女人抽？有些女人叼起一根烟，样子漂亮得不得了，我最爱看了。

问：你们抽烟，不怕影响到儿童吗？

答：倪匡兄说过，好的孩子教不坏，坏的孩子教不好。而且，天生体质有关。有些人抽得了，有些人一闻到味道就怕。

问：你不会否认抽烟伤身的吧？

答：抽烟一定伤身。抽久了，支气管炎一定跟着来。每天早上也必定咳个不停。

问：那么你还抽？

答：我常将快乐和病痛放在天平上，看哪一方面多一点。智者说过，任何欢乐和享受都是由牺牲一点点的健康开始的。

问：长途飞行，你怎么忍？

答：起初不习惯，只有拼命地吃巧克力。后来也不觉得辛苦，十几个小时一下子就过了。比起人生，很短。

问：还是老话一句，戒了吧！

答：我会戒的。

问：真的？

答：真的，戒了之后，抽雪茄。

酒

问：你脸红红的，喝了酒吗？

答：没有呀。天生就是这一副模样，从前的人，见到我这种人，就恭喜我满面红光；当今，他们劈头一句"你血压高"。哈哈哈。

问：真的没有毛病？

答：一位干电影的朋友转了行，卖保险去了，要求我替他买一份。看在多年同事的分上，我答应了。人生第一次买，不知道像我这个年纪，要彻底地检查身体才能受保，验出来的结果，血压正常，也没有艾滋病。

问：胆固醇呢？

答：没过高。连尿酸也验过，没毛病。

问：你最喜欢喝的是哪一种酒？白兰地？威士忌、红酒、白酒？

答：爱喝酒的人，有酒精的酒都喜欢，最爱喝的酒，是与朋友和家人一起喝的酒。

问：你整天脸红，是不是醒着的时间都喝？

答：被人家冤枉得多，就从早上喝起来。饮早茶时喝土炮籽蒸，难喝死了，但是虾饺烧卖显得更好吃了。饮茶喝籽蒸最好。

问：有些人要到晚上才喝，你有什么看法？

答：有一次倪匡兄去新加坡，我妈妈请他吃饭，拿出一瓶白兰地叫他喝，他说他白天不喝酒的，我妈妈说现在巴黎是晚上，你不喝？结果我们大家都喝了。

问：大白天喝酒，是不是很堕落？

答：能够一大早就喝酒的人，代表他已经是一个可以主宰自己时间的人，是个自由自在的人，是很幸福的。他不必为了要上班，怕上司看到他喝酒而被炒鱿鱼。他也不必担心开会时遭受对方公司的人侧目。这一定是他争取回来的身份，他已付出了努力的代价，现在是收获期，哈哈哈哈。白天喝酒，是因为他们想喝就喝，不是因为上了酒瘾才喝，怎会是堕落？替他高兴还来不及呢。

问：你会不会醉酒呢？

答：那是被酒喝的人才会做的事，我是喝酒的人。

问：什么是喝酒的人？

答：喝够即止，是喝酒的人。

问：什么叫作喝够即止，能做到吗？

答：这是意志力的问题。我的意志力很强，能做到喝得微醉就不再喝了。

问：什么叫醉？请下定义。

答：是一种轻飘飘的感觉。有点兴奋，但不骚扰别人。话说多了，但不抢别人的话题。真情流露，略带豪气。十二万年无此乐，叫作醉。

问：醉得有暴力倾向，醉得呕吐呢？

答：那不叫醉，叫昏迷。

问：你有没有昏迷的经验？

答：一次。那年我哥哥结婚，摆了二十桌酒，客人来敬，我替大哥挡，结果失去知觉，醒来时，像电影的镜头，有两个脸俯视着我。原来是被抬到新婚夫妇的床上，影响到哥嫂，真丢脸。从此不再做这种傻事。

问：现在流行喝红酒，你有什么看法？

答：太多人知道红酒的价钱，太少人知道红酒的价值。

问：我碰不了酒，很羡慕你们这些会喝酒的人，我要怎样才了解你们的欢乐？

答：享受自己醉去。

问：什么叫自己醉？

答：热爱生命，对什么东西都好奇，拼命问。问得多了，了解了，脑中产生大量的吗啡，兴奋了，手舞足蹈了，那就是自己醉，不喝酒也行，又达到另一种境界。

茶

问：茶或咖啡，选一样，你选茶还是咖啡？

答：茶。我对饮食，非常忠心，不肯花精神研究咖啡。

问：最喜欢什么茶？

答：普洱。

问：那么多的种类，铁观音、龙井、香片，还有锡兰茶，为什么只选普洱？

答：龙井是绿茶，多喝伤胃；铁观音是发酵到一半停止的茶，很香，只能小量品味才知味；普洱则是全发酵的，越旧越好，冲得怎样浓都不要紧。我起身就有喝茶的习惯，睡前也喝，别的茶反胃，有些妨碍睡眠，只有普洱没事。我喝得很浓，浓得像墨汁一样，我常自嘲说肚子进的墨汁不够。

问：普洱有益吗？

答：饮食方面，广东人最聪明，云南产普洱，但整个中国只有广东人爱喝。它的确能消除多余的脂肪，吃得饱胀，一杯下去，舒服无比。

问：为什么你现在喝的是立顿茶包？

答：哈哈，那是我在欧洲生活时养成的习惯。除了英国，大家都只喝咖啡，没有好茶，随身带普洱又觉烦，干脆买些茶包，要一杯滚水自己泡。在日本工作时，他们的茶包也稀得要命，我拿出三个茶包弄浓它，不加糖，当成中国茶来喝。喝久了上瘾，早晚喝普洱，中午喝立顿。

问：你本身是潮州人，不喝工夫茶吗？

答：喝。自己没有工夫，别人泡的我就喝，我喝茶喜欢用茶盅。家里有春夏秋冬四个模样的，现在秋天，我用的是布满红叶的盅。

问：你喝茶的习惯是什么时候养成的？

答：从小。父亲有个好朋友叫统道叔，到他家里一定有上等的铁观音喝。统道叔看我这个小鬼也爱喝苦涩的浓茶，很喜欢我，教我很多关于茶的知识。

问：令尊呢，喝不喝茶？

答：家父当然也爱喝，还来个"洋酸尖"。人住南洋，没有什么名泉，就叫我们四个儿女一早到花园去，各人拿了一个小瓷杯，在花朵上弹露水，好不容易才收集几杯拿去冲茶，炉子里面用的还是橄榄核烧成的炭，说这种炭，火力才够猛。

问：你喝不喝龙井或香片？

答：喝龙井，好的龙井的确引诱死人。不喝香片，香片北方人才欣赏，那么多花，已经不是茶，所以只叫香片。

问：日本茶呢？

答：喝。日本茶中有一味叫玉露的，我最爱喝了。玉露不能用太滚的水冲，先把热水放进一个茶盅中冷却一番，再把茶浸个两三分钟来喝，味很香浓，有点像在喝汤。

问：你喝过的最贵的茶，是什么茶？

答：大红袍。认识了些福建茶客，才发现他们真是不惜工本地喝茶。请我的茶叶，在拍卖中叫到了十六万港币，而且只有两百克。

问：真的那么好喝吗？

答：的确好喝，但是叫我自己买，我是付不起那么高的价钱，我在九龙城的茗香茶庄买的茶，都是中等价钱，像普洱，三百块一斤，一斤可以喝一个月，每天花十块钱喝茶，不算过分。一直喝太好的茶，就不能随街坐下来喝普通的茶，人生减少许多乐趣。茶是平民的饮品，我是平民，这一点，我一直没有忘记。

影评

问：你一直强调基础，写影评的基础是什么？

答：像一个小说家一样，要写小说，就得多看小说。先多看电影，再多看别人写的影评，看得愈多知识愈丰富，这就是基础。

问：你是怎么打好基础的？

答：从小爱看电影，对国产片那些一张口就唱歌的感觉不满，喜欢起外国片来。由于念的是华文学校，英语不通，常要问姐姐，觉得不好意思，就苦读起英文来。

问：懂得英文，就不必看字幕了？

答：到底不是我们的母语，还得靠字幕才了解更多。当今有了中英文字幕，就看英文的了，这么一看，能看懂八九成。

问：看完了电影，接下来做什么？

答：年轻时，把所有导演的名字记下来，然后研究摄影、监制、美术指导等。做成一个数据库，就能拿出来比较和讨论。当今更方便了，上网一查，什么都有。

问：有推荐吗？

答：有，上网输入 National Society of Film Critics（美国国家影评人协会奖）就能找到很多。

问：怎么选择？

答：全得看，看完选一个对你胃口的影评家。所谓对你胃口，就是你觉得他的评论和你的意见一致，很容易地看得下去的。

问：你自己呢？

答：深奥一点的，我会看 James Agee（詹姆斯·艾吉）。Richard Corliss（理查德·考利斯）很信得过，Roger Ebert（罗杰·埃伯特）当然好。很多导演也是影评家出身，像法国的特吕弗、戈达尔等。从小说家变影评家的有英国的 Graham Greene（格雷厄姆·格林）。有些影评人还有 App，随时在手机上翻阅，像 *Leonard Maltin's Movie Guide*（《伦纳德·马尔丁电影指南》），能免费下载。

问：一篇好的影评，内容应该具备些什么？

答：基本上是先说这部电影讲的是什么，但绝对不可全盘透露，这是死罪。然后批评演员，接下来谈论导演手法，最后是摄影、灯光、美术指导、服装、道具、配乐等，也不能忘记监制。

问：要考虑到那么多，像我这样初入行的人怎么写？

答：一样一样来，能观察到什么写什么。

问：为什么有些影评，它的每一个字我都认识，但就是看不懂呢？

答：往好处想，是你还未达到欣赏的程度；往坏处想，是这些所谓的影评家为了标新立异，故弄玄虚。

问：但是不少电影，本身也就看不懂。

答：这也是层次问题。《2001太空漫游》，很多人第一次看都看不懂，后来每看一次，就多看懂了一些，像一曲交响乐，要听多次才听得出所有乐器的演奏。不过也有些乱来的，早在二十世纪六十年代就有所谓的"前卫电影"，只是导演太过于自我陶醉，不管观众，这种手法一下子被淘汰了。法国在二十世纪七十年代"新浪潮"时又出现了"意识流"，也是昙花一现。这些故技在二十世纪九十年代末重现，很多影评人都没看过"新浪潮"，惊为天人，这也是被懂得的人贻笑大方的。

问：你不赞成标新立异，语不惊人死不休呢？

答：都很短命。

问：为什么有些影评人乱吹捧一些作品？

答：影评人会发现一些不为人知的作品，这是他们的功劳，但有时也会走错路，像法国的著名影评人就把谢利·路易斯捧上天去。事实上，这位谐星怎么看也不是什么天才，平庸得很。

问：能不能举一个影评人"发掘"良好作品的例子？

答：可以，像《黄土地》这部片子，最初没人注意，差点被埋没，还是香港的影评人经千辛万苦地找来在香港影展上映的，不能不记一功。

问：有没有信得过的报纸或杂志的影评？

答：《时代周刊》《纽约时报》都很优秀，英国的《视与听》永远值得看。掌握多种外语的话，法国的《电影手册》和日本的《电影旬报》都是佼佼者。

问：怎么判断自己写的影评好不好？

答：知道多少写多少，不受旁人赞许或劣评影响，保持自己主张的，都是好影评。不懂装懂、随波逐流、为赚稿费或拿人家宣传费的，都是坏影评。坏影评就算不被人家指出，在夜阑人静时，扪心自问，影评人会惭愧得抬不起头来，要是还有几分良知的话。

书法

问：那些年在邵氏进蔡生的房间，您总在写书法，一直拜服。

答：记得那些年。当工作不能令人进步，唯有向兴趣方面增长品位。

问：整个书坛有种说法，书法有两种，一种是书法名人，一种是名人书法，您是书法名人呢，还是名人书法呢？

答：我不知道，我只知道写，但还是有味道的。

问：书法和美食有关系吗？

答：写文章不可以醉，因为不精密，逻辑性太松散。但写诗是可以的，写书法也是可以的。醉的时候特别自由奔放，尤其是写草书。我最近对草书特别着迷。

问：您最着迷谁的草书？谁写得特别好？

答：黄山谷一流，元稹一流。

问：如何品鉴一幅好书法？特别是草书，完全看不懂，单单一幅作品，有人就说非常不好，有人说非常好，那应该如何品鉴呢？是否一定程度与书写者名声有关？

答：不是一个字一个字看，当一幅图画欣赏。

问：单就艺术角度看，中国诗与中国画哪个层次更高？也就是文学和美术的关系。

答：诗，各国人都会作，把词和书法化为画一般的图案，中国之外是少有的，日本和韩国的也由中国发展而来。

问：文化素质高的人，总是不经意地散发出儒雅的气息。学文学不一定要成为文学家，学书法不一定要成为书法家，但是起码要懂得欣赏自己，这是一种文化素养，值得拥有。

答：说得好。

问：当书法练到成名成家的时候，会受到许多人的赞美，但是让自己满意才是最难的吧？

答：对。会这么想才有救。

问：丰子恺先生的漫画上的题字和充满童真童趣的漫画风格相称。但若是单独看他的书法作品，您觉得如何呢？

答：有自己的风格。

问：您平时写什么类型的字呢？

答：什么体都要学都要写。

问：我自己练书法时，不喜欢模仿前人的字，总觉得模仿不好，要自己写才畅快，可是这样进步又不快，怎么办呢？

答：读帖，不必临摹。

问：中国书法"一"字最难落笔，最难写，您以为如何？

答：熟练各帖，迎刃而解。

问：您觉得除了书法与喝茶外，还有什么让心静下来的方法？

答：念经。

问：面对浮躁情绪，怎么摆脱呢？

答：抄《心经》。

问：您还有什么想做的事？

答：开一个儿童班，教小孩子画画、书法和篆刻，也可以同时向他们学习失去的童真。

第三章

三位老师：
丰子恺、冯康
侯、丁雄泉

一吟女士印象记

和香港艺术馆馆长司徒元杰先生商量，当丰子恺先生的女儿丰一吟女士来香港时，吃些什么好。

"江浙人，不如到天香楼。"我说。

"她吃斋的。"司徒兄说。

这一下子可考起我了，一些著名的斋菜馆都不是十分出色，怎么办？最后决定在帝苑轩，师傅手艺佳，做起斋来也过得去吧。

终于见面，一吟女士紧紧握着我的手："你写我爸爸的文章我都看了，约了几次都错过，今天可了了一个愿望。"

一九二九年出生的她，今年已八十四，还是充满活力，慈祥的笑容中，看到丰子恺先生的影子，这回在一吟女士的女儿崔东明和缘缘堂纪念馆馆长吴浩然的陪同下来香港四天。

"我们想了好几个地方请您吃饭，还考虑到一家印度斋菜馆呢。"我说。

丰女士一听到印度菜，即刻摇头。好在没有决定错。

"每天的生活是怎样的？"我问。

"早上一起身，吃一个苹果，就工作了。苹果最好，但有时也记不得吃过了没有，问姨娘，姨娘说吃过了，才放心。"她笑着说。

还有家政助理照顾，听了也放心。

"什么工作？"

"画画呀，写字呀，来求的人太多了，应付不了。"

"画画也是丰先生教的？"

"不，不，他生前从来没有教过我画画。去世后我才临摹他的字、他的画，我再努力也只限于模仿，创作是谈不上的，反正已没机会要爸爸的字画，喜欢他的人说我写得也好。"她谦虚地笑。

"讲多一点丰先生的琐碎事给我们听吧。"

"太多了，从什么地方讲起？"

"比方说他爱吃些什么？"

"鱼呀，虾呀。最爱螃蟹，吃完后把蟹螯拼起来，像一只蝴蝶，墙上挂满。我吃素，爸爸不是，但是四只脚的，像猪呀、牛呀，都不吃，后来才知道会叫出声的就不吃，只有吃那些叫不出声的鱼呀、虾呀，真坏。"

说到这里，大家都笑了出来。

"他留学日本时到过的地方，我都去了，像到江之岛吃蝾螺。"我说。

"刚到时，他看到什么什么料理就不去。料理，我们说料理后事时才用的呀，哈哈哈。"

"您自己的日语呢？"

"学过，都还给人家了。我这个女儿的日语才好，她现在于上海锦江旅游公司做事，专门负责日本旅客的部分。俄语也忘了，还会几句英语，像遇到外国人就说 goodbye（再见），原来也用错了。"

这时大家又笑了起来。

"爸爸的外语讲得也不比写得好，日文、英文书都翻译过，后来有了禁忌，就学俄文。家前面有家书局，出版的丛书中有《四周间》，专教人一个月内学会外语，他买了一本俄文的，三个星期就通了，是有天分的。"

"酒呢？"

"可厉害了，一喝就是五斤，只喝绍兴黄酒。有一次喝多了，摇摇摆摆地走回家，经过山路，一边是悬崖，他慌得拼命地靠山走，也不算是什么大醉。"

"烟呢？"

"一抽就忘记弹烟灰，有一次掉到酒杯里面，家人都说把酒倒掉算了，他说不要紧，酒是可以消毒的。还有一次，抽烟抽得把我女儿的衣服烧了一个洞，那件衣服是我做的，好心痛。爸爸用颜料在洞的周围画上一朵花，好漂亮，我们都喜欢。窗口玻璃也照画，裂开了就画一枝梅花，可惜都没留下来。"

"老人家一共留下多少画呢？"

"目前能找到的有四千五百多幅，书法有两千多。"

"还有很多是藏家收着的，我们这次办的展览只是抛砖引玉，希望下回有更多的人拿出来。"司徒馆长说。

"不知道丰先生画一张需要多少时间呢？"吃完饭，翌日在座谈会中，有人提出这问题。

"心中有了，不会很久吧。"吴浩然先生代答。

但我知道丰先生作画时的态度也是相当严谨的，展览的真迹中，还能看到用木炭打稿的痕迹，是印刷品中难发现的。不过一吟女士很风趣，她也说："漫画、漫画，不慢吧，很快的。"

听者又说："到缘缘堂的小卖部去买丰阿姨的书，售货员说有签名的要加十块钱，太没道理了。"

一吟女士听了站起来宣布："我答应大家，有生之年，所有签名书都不加价！"

得到哄堂大笑。

结束前，又谈起一件往事：丰先生回到家乡，很多人来讨画，都免费赠送。家人劝道，还是小心点好，不知道对方是好人或是坏人。

丰先生听完说："爱我的画的人，都是好人。"

丰子恺艺林

到了上海，还是喜欢逛福州路，各家书店和文物店都集中在那里，夹在中间的是巨大的"杏花楼"。

本来卖的是粤菜，但也有豆瓣酥、松仁酥、京葱羊里脊可吃，大堂更有卤味、甜点和粽子出售，仍然是老上海人喜欢去的地方。

到"周虎臣曹素功笔墨庄"去买笔，我一向不注重工具，用过数次即扔，总是一些便宜货。这次在店里找到一支二号齐头笔，竟要卖到一千二百元，怎么那么贵？手一摸，即刻被笔毛之柔顺吸引，只有掏腰包。

又去其他各家找红宣纸，准备过年时写挥春，但多数厚度不够，红得不鲜艳，走过多家，最后才买到数张。另外找到了浅绿和浅灰色的仿古宣，我最爱用这种纸写字，真有古色古香的感觉。买了一刀，学过书画的人都知道，一刀，就是一百张。

抬着宣纸，乘车到中山西路，那里有家叫天山茶城的，所有茶庄都集中在这里，一共数百家，但我不是要来买茶，而是专程造访"丰子恺艺林"。

这是丰先生的女儿丰一吟经营的小店，里头挂满其父的木版水印画，又有各类有关丰先生的书籍。

看到与丰先生的老师弘一法师写的一模一样的书法，原来是弘一法师的孙女写的，真迹已贵得不得了，孙女的卖三四百一幅。

买了弘一法师的木版水印观音像和他抄的《心经》，另买一册《丰子恺遗墨》，由华宝斋古籍书社出版，印刷得非常精美，令人爱不释手。

一吟也临摹其父的画，一幅卖三四千元。很奇怪，最简单的笔触，是最难学到的。

店里也卖印有丰先生事迹的布袋，买了几个送人。又见印着丰先生漫画的瓷碗，很可爱，但觉得会被打破，没购入，现在后悔了。

丰子恺旧居

依地址，找到了"丰子恺故居"。车子不能直达，停在陕西南路路口，走几步，见多栋小洋房，其中之一就是了，门口挂着个牌子。

是四层楼的建筑，经过小得可怜的花园，看到屋外挂着万国旗，一些底衫和牛仔裤，是住在楼下那两户人家的洗濯物。进大门，就见一个妇人，面无表情，大概是嫌我们这些游客的干扰。

爬上狭窄的楼梯，这就是丰子恺先生在"文革"年代的居所，虽也名曰月楼，但和他老家的那一座有很大的分别。

一下子就看到丰先生的书桌，上面有张画稿，纸上为一个小童拉着拿葵扇的祖母。这是后人放上去的吧？

案上另有竹头和陶器的纸镇、放大镜、砚、墨汁和毛笔，以及一张丰先生的黑白照片。

一盏可以拉上拉下的白瓷罩电灯，由天花板垂下，木桌子最为普通，并非什么酸枝之类。这时看到的最令人心痛的，是桌旁的一张床，四尺长吧，人要像虾子那么屈着来睡！

"本来房里有张长一点的，"馆主，也是丰先生的侄儿，已有五十多岁的人了，说道，"当时正在赶画《护生画集》第六册，丰先生知道岁月无多，不想骚扰家人，就在这里睡，睡醒了即刻作画。"

丰先生没有抱怨，陪伴他的，是墙上的那副对联，由他尊敬的马一浮先生所写："星河界里星河转，日月楼中日月长。"

看到此时，悲从中来，我的眼泪滴下。又见墙上另一张照片，是小猫骑在丰先生的帽子上。以前看见的是猫在他的肩膀上，在他头上这张第一回看到，我又微笑了出来。

在小卖部买了木版水印的漫画送给杨惠珊，又购入一本散文集给小宇，吩咐她一定要看那篇《渐》，丰先生年轻时写的，已悟出人生的真谛。

《人间情味》

祁文杰兄来公司找我，送上《人间情味》一书。学丰先生慷慨大方、豁达处世的态度，只说一句："知道你喜欢。"

是的，我们这群受丰先生影响的人，共同点是有颗赤子之心，热爱生命，处处看到美；面对一切无常，既来之，则安之。

记得祁文杰兄还在漫画界时，一块儿出席一个晚会，他带着李丽珍，那时候座上客都感叹："好一对金童玉女！"

多年后的他，样子还是不变，但加了一分气质，这也许和他爱上丰子恺的作品有关。从一九九〇年买了第一幅丰子恺的漫画后，他接着不断搜索，结果在二〇〇八年十一月，丰先生诞辰一百一十周年时，特以藏品一百一十件辑录成书来纪念老人家，真是难能可贵。

之前我也遇到过不少以藏家身份自居的人，展示多幅丰先生的作品，发现假的居多。其实要辨别真伪是易事，只要多看丰先生的真迹印刷品就是。那么简单的几笔，临摹起来不难，但作者的真，像是一股清泉，即刻把污秽的假冲走。

文杰兄的这一百一十幅都和丰先生的女儿丰一吟研究过的，一点问题也没有，还有她做的注解，让读者能更浅易地了解画的内容。

有些题材，丰先生会一画再画，像"种瓜得瓜"和"满山红叶女郎樵"等，但也有些只画过一两幅，非常难得，像几个人坐在一棵大树上，题为"苍松顶上好安眠"，是丰先生游黄山时见到一棵"蒲团松"有感而发的。现实生活中树上当然不可坐人。欣赏丰先生的作品，才能领悟这些抽象的亦画亦诗的意境。

有时丰先生读了一首诗，就作起画来，像"帘卷春风啼晓鸦，闲情无过是吾家。青山个个伸头看，看我庵中吃苦茶"，只选后面两句入画。丰先生有这种习惯，画要简，字也要简。对这首诗，他曾经说："若能用此等眼光看世间一切，则世界将成为诗的世界。"

可是理想归理想，丰先生曾寄给新加坡广洽法师一幅画，画中有两个和尚，一举拐杖，一负包袱出走，题字为"城市不堪飞锡到，恐惊莺语画楼前"。这画本来由广洽法师转赠给丰一吟，但也流出市面，被祁文杰兄收购了。

谈起广洽法师，我有一面之缘，我曾拜访薝卜院，实现我多年愿望：目睹《护生画集》原稿。

返回香港后为报答广洽法师的热情款待，我一口气写了一篇叫《缘》的文章，似乎有佛力呵护。胡菊人先生创办《中报月刊》时向我邀稿，《缘》曾刊登在一九八〇年三月的第二期中。

从此，我提起搁置已久的笔，写专栏至今，这也是丰先生赐给我的缘分。

回述《人间情味》这本书，祁文杰兄当天来到我的办公室，对挂在壁上的丰先生作品颇为欣赏，那画是一位穿长袍的人，坐在一堆大石上面，左角有一松枝挂下。

此人表情安详，似笑非笑，画上题了"随寓而安"四个字。

这句成语本来是说成"随遇而安"的，丰先生把"遇"字改为"寓"，也突出了他的"既来之，则安之"的宗旨。

此画一直陪伴着我，一向挂在我工作过的办公室中。在嘉禾任职时期，我的老板邹文怀先生和何冠昌先生都上前看过，两位都是极端聪明的人，向我说："我知道你想告诉我们，随时可以不干是不是？"

我听了，学画中人，似笑非笑不语。

我把得到那幅画的过程告诉了祁文杰兄，他也感觉是一种"奇缘"，呼应了他收集丰先生作品的"祁缘"。他本人有一字号，专营中国书画古董艺术收藏珍品，免费作顾问代客摆设美化居室，店名就叫"祁遇记"。

文杰兄对此画很有兴趣，终有一天，我会送给他，当今暂存吾室。我想，终有一天，祁文杰也会把他的收藏捐给丰先生的纪念馆，这种心态，是受丰先生思想感染的人，共同的。

毛笔和筷子

在很好的机缘下，由刘作筹世伯引见，我拜会冯康侯先生。

"老师不一定会收你。"刘先生说，"一切，看缘分吧。"

我点点头。

两人爬上北角丽池一栋住宅的狭窄楼梯。

冯先生是位矮小清瘦的老人，满脸和蔼安详，直接地问："你要学会这些不合时宜的东西，有什么目的？"

"没有目的。"我坦诚地回答，"只是喜欢得要命。"

"那就够了。"冯先生微笑。

接着他老人家叫我先写几个字，千万不要临帖："写出自己的字，写出自己的个性。"

"但是，"我抗议，"我连毛笔也不会拿呀。"

老师笑了出来："毛笔只是一件工具，久不用了，就以为自己不会用。要是多接触，就像拿筷子那么简单。"

同学

冯老师看完我的字，说："果然一塌糊涂，但是，好在不带俗气。"

从我的字，老师将我的个性略做分析，比相命先生还要准。

"想学篆刻，那一定要从书法着手。"老师说，"那把刀，要抓得纯熟的话，练习两三个月，保你得心应手。街边雕图章的师傅，有许多的刀法，比我还要强。刀抓得好，只是一个泥水匠。篆刻最重要的是布白。精于书法，那么你就是一个绘制蓝图的建筑师。"

见我已经能接受的表情，老师继续说："你的字，近黄山谷。你经过基本的抓笔训练后，可以多临他的字。我小时候也临过黄山谷，其实我学得很杂，什么好的碑帖都临。碑帖是我的老师。现在你临黄山谷，因为你们的字形相近，这是一条捷径。我向我的老师学习，你也同样向你的老师学习。所以，我不是你的老师，你也不是我的学生，我们是同学。'

不墨守

　　老师教学问，活学活用，从来不叫我们墨守成规。

　　比方说以前学校先生叫我们写字一定要磨墨，老师却说："尽管用墨汁好了。现代人生活那么忙，小楷还可以磨墨，写大字就太费工夫了。与其把时间花在磨墨上，不如拿去多练其他碑帖。"

　　看老师写个"羽"字，先写两个钩，再各上两点。

　　"老师，写字不用按照笔画顺序吗？"我们问道。

　　"一幅字的刻局，就好像一张画一样。你们说是不是？"老师反问。

　　我们都点头。

　　"字的结构，就好像树枝和花朵。"老师举例，"先写枝也好，先点花也行，没有什么顺序的必要。"

　　"画竹也是同样的道理。脑中有了构图，从哪里着手都可以。这就叫作胸有成竹。用什么方法达到目的，却是次要的。"

篮球

老师又在一丝不苟地替我们改字。

"我替你们改正字体的错误，只要你们记得一点，错误就少一点。"老师说。

"什么时候才知道自己写的字是好的呢？"我们问。

"字写得好不好，是见仁见智，很个人化的东西。比方说金农的字，我试过用油画的扁笔来写，果然写得一模一样，而且还能写出沙笔。有些人很喜欢，我就觉得没有变化。但是字体有没有错误，却是看的人都能指出的。所以，先要做到没有错误。"老师说。

叫我当面写给他看后，老师笑着："你的字写得太快，该停顿的地方还是停顿得很不足。写字好像打篮球一样，接到球后要看清楚把球交给谁，才能抛出。这就是所谓的意在笔先。在还没有决定要交给谁的时候，就是应该停顿的时候了。"

"一个字的最后一笔是最重要的，字写歪或者写坏了，最后一笔可以把字拉正救活，等于球的投篮，得到了完美的结果。"

印稿

老师教我写印稿的时候，以一小张宣纸包在石头上，用毛笔把折着的边轻轻地涂上墨，便成一个小框框。

再把这小框框由中间折起，写双字印就有了中线，再折，可写四字印。

将写字的那一面印稿贴在石头上，以水沾湿，另叠上一层白纸，把大拇指的指甲用适当的力量刮之，翻开白纸，要是白纸上已印上墨，那表示印稿已经透墨在石头上。再翻开印稿，你就可以刻印了。

"用清水蘸湿印稿过印也行，但是最好是用口水，没有什么比口水更容易过印了。"老师说。

"为什么不把印稿直接地写在石头上呢？"我问。

"直接写上，那不是要将字写反了？"老师反问。

我们点点头。

老师追问："我们一生都在写正字，忽然要你把字写反，怎么会写得好？"

冷汗

一九八〇年四月，香港艺术馆替老师开了一个叫"冯康侯：书、画、篆刻"的展览会，选老师三十多年来的作品共一百二十一件，并出版了精美的小册子留作纪念。

关于老师的生平介绍，他说："其实我那方学无止境的印中边框，已写出我的一生，以及我对艺术的看法。"

"这一次展出后，东西将留在香港艺术馆，也是件好事。"老师接着说，"恐怕，也是我最后的一次吧！"

我们听了都低下头，说不出话来。

"我请饶宗颐先生为我作序。不过，我告诉他，请他绝对不要称赞我，大加批评我也接受。我的作品，好坏让后人来判断。"老师的表情，充满一股正气。

继续，他轻松地说："我请饶宗颐先生强调的是：本人治学，六十年如一日，从不中断，又永远认为艺术是神圣者，永不以此来做手段。"

这番话，令一般沽名者流冷汗。

羞耻

保良局一百周年纪念的时候，要老师开个书法展，捐助所得。老师毫不考虑马上答应了下来。

"什么公益金或什么慈善机构，大家都慷慨捐钱，但是我一直不明白钱用在哪里。保良局的成绩，却是有目共睹的。"老师说。

大家看他年纪大了，都劝他不要为此事太操劳。老师不听。他天天勤力书写，又集了学生的作品，共一百幅拿出展览。

老师不但出力，裱画的钱也是自己付出，但是，裱画商因其他生意忙，一时赶不出那么多张。"帮帮忙，这是好事，钱多收不要紧，一定要来得及！"老师抓着电话，拼命向那商人要求，急得团团转。

"出钱的人可以得到一件纪念品，私心上，我又能够把学生们的作品向大众介绍一下，何乐不为呢？"老师说，"老天爷给我的时间，为什么那么少？"

说完，又埋头写字，我在旁边看了，对自己处世的冷漠态度，感到无限羞耻。

老朋友

老师从十三岁开始刻印，到八十三岁，整整七十年工夫，从不间断，少说也有万多方。

"但是，"他说，"称心者真的是算得出。刻一方印，像认识一个人，能够做朋友的，到底不多。"

"学无止境""气韵自然"是他老人家心爱的。最喜欢的是"家在沙园"，以为失去，受赠的赵少昂先生近年在广州重得，老师欣喜若狂："这方印，刻时心情好，石头佳，刀手顺，才有奇迹出现，后来再三重刻想交回新朋友，怎么样也没有那个味道。"

最可惜的是一方"身经百战"，送给了黄文欣，不旦印石不见，连印稿也遗失，老师摇头："这好朋友去世了。"

病中，学生拿来一本张大千画集，刊登张之奖状，上有一"学典之玺"，字样是老师二十多岁时，全国征求印稿时被选中之作品。

老师微笑："想不到你这老朋友也来看我的病。"

最后

惊闻老师入院，由远方赶回来，直赴病房。老师紧紧地抓住我的双手。

我们尽谈病好后，到新加坡开书画展的事。那天他老人家心情特别好，也很精神，吩咐一直在照顾他的大哥大嫂："等一下铫鸿来，请他带个相机。我们来拍些照片。"

陈铫鸿医生在这几年勤向老师学习，师母和老师的病都由他来看，依老师所嘱，他把相机带来。

我心中打一个结，拍什么照片呢？留什么纪念呢？

老师不大肯吃药，说："又不要去看戏，买票子来干什么？"

言下之意为反正要去，不必做多余事。

学生姚顺祥兄回答道："老师，把票子买了，去不去看慢慢决定好了。"

老师卧在病床上，手指不停地在动，他担心万一医好，双手麻木了的话，不能写字，和死亡不是一样吗？

"死亡并不可怕。"老师说，"怕的是身边的人痛哭。师母去世之前，我一直服侍了她两年，那种心情，的确不好受。"

他笑望着我："做人最好是横死！"

"这话怎么讲？"我们惊讶。

"你想，一些飞机意外事件，乘客在没有时间思考和感觉下就那么去了，多好！做人反正一定要死，我倒希望像他们一样忽然地离开。"

老师于一九八三年十二月七日逝世。

老师留给我们最珍贵的是对艺术和做人的态度：自然大方，学无止境。这些哲学好像要花几十年工夫才能钻研出来，但有了老师的熏陶，道理又很简单。

先由基本做起，不偷工减料，便有自信，有了自信，再进一步去学习，尽了自己的力量，不哗众取宠，不标新立异，平实朴素，就可以自然大方。我们脚踏实地，便有根，不用向别人证明我们懂得了多少，没有后悔的感觉，是一个多么安详的感觉。

悼！丁雄泉先生

怀着沉重的心情，告诉大家，丁雄泉先生已经在二〇一〇年五月十九日仙游。

是他女儿美雅传来的电子邮件，附着一张丁先生的照片，和他写过的一首歌颂雨后夕阳的诗：

> 每天一张新画，五十里长，在这世界，没有一家博物馆可以挂上；我非常，非常高兴，只想喝香槟，看到天使，这是一个下雨天，天使在我心中画画和歌唱。

丁雄泉先生的人生，就像他那五十里长的画。气派，是那么巨大。

大白天他就猛灌香槟，一开几瓶。鹅肝酱、牛扒、香肠当小食，在客厅中堆积如山。

画室改自学校的室内篮球场，天花板上点着上千管日光灯，各个角落布满鲜红的洋葱花，整室是厨房的味道。地上是作画时余留的色彩，变成一大幅抽象的作品。

丁先生来了香港，我们两人到了餐厅，一叫就是一桌菜，十二道。到了海边，鱼一蒸七八尾，螃蟹、龙虾、贝类无数，他喜欢的蓝色威士忌，也和香槟一样，喝数瓶。

带他来到九龙城街市，食肆去了一家又一家，最后还是吃他最爱的水果大西瓜，一人一个。

真正的所谓艺术家脾气，我只有在丁雄泉身上看到，他的放浪形骸，令人咋舌。无比的精力，绝对不像是一个七八十岁的人。

当今他离去，我们这群好友，应该庆幸，或者悲伤？反应已逐渐麻木，很对不起地向丁先生说一句，不去荷兰参加葬礼。相信他在天之灵，也能理解。

丁先生一定会说："吃吧，喝吧，创作吧。这世界是美好的，充满色彩。"

的确，自从第一次看到丁先生的作品，就被那强烈的色彩深深吸引，从一个只有黑白的宇宙回到缤纷的世界。

不断地买丁先生的画册，心中佩服，但无缘见面。一次，他在艺术中心开画展，我赶去了，见到他被众多记者包围，也不好打扰。

后来多得友人介绍，攀谈起来，他说："我一直看你的散文呀。"

这时又惊又喜，两人有无穷的话题。

结识多年，有次鼓起勇气，要求向他学画，想不到他即刻点头："我不能教你怎么画，我只可传授你对色彩的感觉。"

他也没有接受我的拜师之礼，只当朋友，所以我从来没叫他丁老师，一向以先生称呼。

每年，他会东来，我又尽量到他的阿姆斯特丹的画室学习，知道了在别人手里那大蓝、大红、大绿的丙烯，怎么变化为充满生命、激情和悦目的色彩。

一次，他从画架中取出一幅只有黑白线条的淑女画，向我说："你上色吧。"

不知道从何而来的勇气，我大笔涂上，他也拿起画笔，丙烯喷到我们两人的身上。

"不够，不够。"他命令，"还要大胆，还要强烈，像吃饭，像喝酒，放胆做得淋漓尽致！"

最后，我的精力已用完，丁先生很给面子，在边款上写着：某某年，和蔡澜合写。

他儿子有一个古怪的中文名，叫击夕。事后向我说："父亲一向视作品如宝，不轻易送人，他可以把画让你涂鸦，可见当你为亲人。"

我听了深感欢慰，至今不忘。

离他的画室不远，我每次都在阿姆斯特丹的希尔顿酒店下榻，学过画后他陪我散步，送我回去。路经一不知名的大树，两人合抱不了，枝干垂至河面，每次他都感叹："生命力那么强，养着几百万的叶子，大自然是那么美好！"

丁雄泉先生的原画，价值不菲，但他的海报印刷品全球销量惊人。拥有了一张，整个家像照入了阳光，布满花朵，就像那棵大树，一直活了下去。

安息吧，丁雄泉先生。

朋友

和丁雄泉先生在漆咸道散步，看到了树，总停下来观赏一番。

"树是我的朋友。"丁先生说。

我介绍他认识盛开的石栗，三分之一是叶子，其余开黄花，飘落在地上，堆成黄雪，一整排，实在好看。

丁先生看得入迷。我们又去太子道，石栗更多，看得眼花缭乱。

"这简直是树的派对嘛。"丁先生说。

经过一棵树皮光秃秃的巨木，样子难看，丁先生说："这是一位老太婆，连鸟儿也不飞到枝上拉屎。"

笑死我。在丁先生住的阿姆斯特丹，从希尔顿酒店步行到丁先生的画室途中，河边有一棵大树，他最喜欢，常赞美它的活力，供应了几千几万的叶子，把树介绍给了我。从此，我到阿姆斯特丹，也常去看这位老朋友。

丁先生有点沮丧，我问他为什么，他回答说："家的花园，各种花现在刚好要开，我就离开它们，真是舍不得呀！"

更舍不得的还有他才买的两只小猫，为世界猫赛冠军的子女，一只是忌廉颜色，一只是蓝颜色。

"猫有蓝色的吗？"我没听过。他的画中经常出现蓝猫，没想到现实生活中也存在。

到了晚上，我们去一家餐厅吃饭，两个人，丁先生叫了很多道菜。

"够了，够了。"餐厅经理说。

"老远乘飞机来吃的，多一点不要紧。"丁先生说，"而且我们还请了很多朋友。"

"什么时候来？"经理问。

"不来了。"

"丁先生和蔡先生请客，怎么不来？"经理问，"到底请了什么人？"

丁先生笑说："请了李白，请了苏东坡，请了毕加索，都来不了。"

张生记

晚上，丁雄泉先生带我到张生记吃杭州菜，当今杭州菜在上海最流行。

大厦中一共有两层楼，地方很大，挤满了客人。

张生记从一家六百平方英尺的小店做起，短短十年，已发展到五家店。在上海发家，回到杭州盖一幢大楼，装修得美轮美奂。我们吃的这一家在上海肇嘉浜路。

最著名的是"老鸭煲"，非试不可。上桌一看，一大锅东西之中，熬一只老鸭和天目干。原来是用煤炉炖四个多钟头，但现在客人那么多，怎会烧煤？本来用的金华火腿也以咸肉代替了。

最奇特的是加了叶子进去熬，叶子当然不能吃，取其味罢了，上桌时捞起。

好喝吗？一整只鸭熬出来，加上干鲜味，怎会不好喝呢？

依照丁先生的习惯，一叫一定是一整桌的菜。东坡肉少不了，用小型的紫砂碗盛一方块的肉，酱汁很浓很黑，肉也呈深色。入口，嫌太甜。我吃过更好的东坡肉。

臭豆腐是黑的，配上火腿片。中间的白色中还可以看到发绿的霉菌，但是还不够臭。我幻想下次自己做这道菜，加上羊乳芝士，臭到要浸在水中那种，一定劲道十足，菜名就叫"臭味相投"好了。

司机小王介绍我们吃苋菜。它是一种大小如荷叶茎的东西，切段后腌渍，再铺在豆腐上蒸的材料，浙江人当它是宝。我试了又试，皮硬如甘蔗，只吸中间的汁，一味是咸，不臭也不香。想必是腌得不好，不然沪人不会那么推崇。下次再找一间店叫这道菜，看看吃不吃得出道理来。总括一句，没有香港天香楼那么好，试过天香楼的馄饨鸭子，老鸭煲走开一边。

重访张生记

丁雄泉先生的习惯，是吃开了一家食肆，就可以连续去几趟。

"不嫌单调吗？"我问。

"餐厅像朋友，来惯了有信心。试没去过的有点新鲜感，但是失望了怎么办？"他轻描淡写地回答。

也有他的道理，我们又去了张生记吃晚饭。丁先生说："试试他们的盐焗鸡，听说很好，上次来卖完了。"

盐焗鸡？从来没听过沪菜、杭菜有这一道。上桌一看，是把鸡肉拆骨，吃进口，甚咸，但肉又软又香，已不必再点酱料，特别的是把鸡皮切成长方形，只选最薄的部分，铺在肉上。盐焗后，这层皮最好吃。

想不到这道广东菜竟然让他们改良得出神入化。香港的粤菜师傅应该引进这些杭州菜，看看是否可以做得比他们更好。

叫了一份毛豆下酒。毛豆就是黄豆，许多人还搞不清楚。这道菜上海人很喜欢，日本人在夏天也大吃毛豆。连壳，煮熟了点些盐下啤酒。张生记的毛豆用一个小小的紫砂碗盛，浸盐水和黄酒，扮相漂亮，酒味十足，价钱可以卖得更高。

蒸鳜鱼是留鱼头，起骨，把鱼身片片，片得还是相连的，刀章十分厉害。淋上酱油，蒸法和香港人一样上乘。这种鱼在香港卖得很便宜，我们嫌味淡不太吃它，但是依足他们的做法，效果也不差。只是上桌时把鱼头翘起，塞了一粒红樱桃在嘴里当装饰，看起来，可以套一句上海话："恶形恶相。"

最后的叫花鸡就大失水准。这道菜是吃塞在鸡内的蔬菜，好过吃肉。张生记做的，是把猪肉丝酿在里面，分量不少，烧出来后又是水汪汪。看旁边的客人也叫，吃得津津有味。无他，没试过香港天香楼出品之故。

第四章

到了我们这种年纪，最重要的就是想做什么就做什么。

三位好友：金庸、黄霑、倪匡

何铁手

在墨尔本查先生的家里做客时，刚看完新出的大字版《碧血剑》。

"你最喜欢书里哪个女子？"查先生问。

我毫不犹豫地回答："何铁手。"

查先生笑盈盈："想想，何铁手的确不错，我也是蛮喜欢。"

《碧血剑》里，男主角袁承志的身边出现五个女人，他说过："……论相貌美丽，言动可爱，自以阿九为第一，无人可及。小慧诚恳真挚。宛儿豪迈可亲。青弟虽爱使小性子，但对我全心全意，一片真情……"

对何铁手的印象，总是"艳若桃李，毒如蛇蝎"这八个字。当然，何铁手自小练功的经历，本应让她变得不近人情才是，但她个性开朗，这种女子娶了之后才不会有麻烦。

何铁手是个好学之人，见到功夫比她强的袁承志就一心一意地要拜他为师，对他的那几个女朋友都叫师母，解开她们的醋意。

何铁手虽然只剩一臂，但书上说她凤眼含春，长眉入鬓，嘴角含着笑意，约是二十二三岁的年纪，目光流转。又说她说话时轻颦浅笑，神态腼腆，是个羞答答的少女。

金庸小说的男主角，对女人优柔寡断，常被他喜欢的小气鬼女友打一巴掌，脸上出现红红的五指掌印，袁承志也不知爱谁才好。

还是何铁手干脆，大胆地向他提出："师父啊，这世上男子纵然三妻四妾，事属寻常，就算七妻八妾，那又如何？"

她叫袁承志把他爱过的女人都娶了，但她自己却不敢表白情意，看得读者为她惋惜不已。

"要是大胆地走一步，那多好！"我说。

查先生点点头："你这个建议很有趣，反正依照她的性格，不会在意。"

真假

"有什么好书？"倪匡兄说过，他看书的本事比写书高，问他，没错。

"没有。"他说。

"那看些什么？"他不看书不行的。

"看新书不如看老书，还在翻看金庸小说。看的是旧版，旧版比新版好看。"

"我也是。"我说，"我已经从头看起，把《鹿鼎记》也看完了，你正在看哪一部？"

"《神雕侠侣》，这次看，又给我看出毛病来。"

"什么毛病？"

"小龙女在绝情谷中，要逃出来其实很容易，有水有阳光，就一定有别的出口，不必整天放蜜蜂出来。下次你遇到查先生，替我问问是不是。"

"查先生最近去了一趟布拉格，本来说还要来内地讲课，不知道回来了没有。"

"年纪那么大了，还对旅行那么有兴趣，可见身体不错。看你写冬虫夏草，大概吃了真的有效吧。现在，冬虫夏草也可以在实验室种出来了。"

"我想那五六百块一两的就是培植的，应该不是假的吧？"我说。

"那假不了。假名牌还有话说？"

我说："那天陪朋友去买燕窝，行家说连他们都看不出。"

"不就是嘛，所以我不买了，我有先见之明。"

"最近流行一个故事，"我说，"有一个农夫花了毕生积蓄买来种子，发现种子是假的，种不出东西。但是土地是真的，涨了价，卖给人建房子，大家买酒回来庆祝，都喝死了，酒也是假的。"

倪匡兄哈哈大笑，这种故事他最爱听。

幻想力

"最近电视剧又把《卫斯理》改编了。"我在电话中说，"你看过了吗？"

倪匡兄大笑四声："古怪透顶。"

"长篇小说的话，改编成电影不容易，改编成电视剧最适合。我不知道讲过多少次，金庸的小说最好是根据小说拍，连分场也依足了。作者本身当过编剧和导演，写出来的都很有影感。我有一次写金庸小说的剧本，把一个不太重要的人物删掉，哪知道那么一删，后来的剧情完全接不上。"倪匡兄一口气说，"所以凡是乱改成电影、电视剧的东西，我从来不看，一看就气死人。"

但是不看又怎么知道人家改得古怪透顶？

"我是听朋友说的。"倪匡兄已知道我在想些什么，"编剧不改小说剧情，拿薪水就没有理由，所以一定要改。"

"导演更喜欢改。"我说，"导演多是年轻人，老板叫他们拍名著，他们认为老套，非有自己的存在不可。为了证明与众不同，改得面目全非，愈改愈不会结尾，最后一塌糊涂。"

"电视剧还喜欢用大爆炸，什么东西都得来一个爆炸。降龙十八掌一掌打出去，'轰隆'一个爆炸是指定动作。"倪匡兄说完大笑四声。

"爆炸其实是最容易处理的，问题出在什么爆炸技巧都在《星球大战》里看过，已不新鲜了。"我继续说，"从前看《神雕侠侣》，就不知道怎么拍，现在有了计算机动画，只要想得出就拍得出，要看今后制作人的能力了。"

"完全同意，幻想力作者已经给了你。"倪匡兄又大笑四声后收线。

成就

饭后录像，见餐厅摆着我意大利朋友吹的玻璃瓶，一层又一层，像竹节一样叠了上去，里面装满各式的果乐葩（Grappa）酒，就先来一杯。倪匡兄也喝了，可见他的饮酒配额尚存。

侍者把整个酒瓶放在桌子上让我们任喝，节目编导看得有趣，就把它当成道具，放在沙发前面。

"'英雄人物论金庸'这个名字不太好，"倪匡兄向编导说，"我们都算不了什么英雄，既然有酒，不如叫'煮酒论金庸'。"

编导赞同，就这么决定。

开始录像，因为是事后剪辑，所以录得很长，我已有点昏昏欲睡。倪匡兄说："我一向都用八个字形容金庸的作品，那就是'前无古人，后无来者'。"

这是毫无疑问的。虽然说查先生的武侠小说第一，古龙的第二，但是第一和第二之间，相差个十万八千里。

倪匡兄和倪震两人记性都好，谈起书中人物，不管出场多寡，都能一一数出，这也是他们父子沟通的方式之一吧。

主持人问："你们喜欢书中的什么女人？"

"金庸的作品，女人似乎都不是好人，很难爱上。"倪震说。

"我喜欢《鹿鼎记》中的双儿，她对韦小宝死心塌地。"倪匡兄说。

问及我，我毫不犹豫地说："双儿学问不大。我中意《碧血剑》中的何铁手，她古怪透顶，不作声，永远爱袁承志。"

"最不喜欢黄蓉，"倪匡兄说，"到了后来，变得相当恶毒。"

"我最不喜欢的是内地的一些人，将我们称为四个才子。"我说，"金庸先生是一个巨人，其他三人，永远不能相提并论。而且，黄霑已作古，我们两人七老八老，叫什么才子呢？"

倪匡兄同意。今后的数千年，有人提到查先生生平，也许会顺道记录他这么几个朋友，这已是我们一生的成就了。

黄霑再婚记

黄霑和陈惠敏终于结婚了。

别误会，这个陈惠敏不是武打明星陈惠敏，是位叫云妮的小姐，比黄霑小十七岁，是他从前的秘书。

早在做《今夜不设防》电视节目时，黄霑就告诉过我们关于云妮的事。

"简直像金庸小说里的人物。"倪匡说，"怎么可以不要？一个男人，一生中，有多少个像云妮那样死心塌地爱你的？你不要让给我。"

当然倪匡是说着玩的，黄霑是死都不肯让出，所以今天才会结婚。

在十一月初，黄霑和云妮从香港直飞旧金山，先拜访倪匡这个老友。黄霑前一阵子每天上镜，累死他了，和倪匡说了一会儿之后便回酒店，大睡数十个小时。我们听了，点头说此时是真睡。

在旧金山住了三天，他们便飞往拉斯维加斯。

"一到了马上办好事？"我们做急死太监状，盘问黄霑。

"当然不是啦！虽然说是去结婚的，"黄霑回忆，"但是云妮还没有最后答应。"

我们心里都说："到了这个地步，还不点头，天下岂有这等怪事。"

只好等着他耍花枪，耐心地听他讲下去。

黄霑说："到了第三天，我们在街上散步时，我才向云妮建议：'现在结婚去。'"

"她点头了？"我们假装紧张地问。

"嗯。"黄霑沾沾自喜。

"是不是在教堂举行婚礼的？"

"不是。"黄霑说，"不能直接到教堂。"

这又是怪事了。

"先要领取一张结婚准证。"

"什么准证？"

这是他第二次结婚，以下是黄霑的结婚故事。

我们必须先去一个政府机构，说出护照号码，登记是什么国籍的人，等等。一走进去，那个政府人员看我身后有没有人，又指着云妮，问道："这是不是你的女儿？你的太太呢？"

我说这就是我要结婚的人。那官员听了羡慕得不得了，马上替我们登记，然后收费。

"多少钱？"我问他。

"七十五块。"

"这么贵！"我说。

"那是两人份的登记费呀！"他说。

我心中直骂："废话！结婚登记不是两人份是什么，哪里有一人份的？"

我问他："附近哪一家教堂最好？"

"都差不多。"他说，"就在政府机构对面有间政府办的教堂，你要不要也去试试看？"

当然是政府办的比私人办的正式一点，我就和云妮走进了一座建筑物，它不像是一个让人结婚的地方，倒像一家医院。

门口有一个黑人守着。这地方是二十四小时营业的，生意好像不是太兴隆，所以那个黑人跷起双腿架在门上睡觉。

我把他叫醒，说明来意，他即刻让我们进去。

里面只剩下一个女法官在办公，她是替别人主持结婚仪式的人。

她一看到我们，又看看我的身后有没有人，指着云妮说："这是不是你的女儿？你的太太呢？"

差点儿把我气死了。

她要先收费，又是七十五美元，两人份。

"跟着我说。"她命令道。

"我，黄霑，答应不答应迎娶陈惠敏，做我的法律上的妻子，爱她，珍惜她，在健康时或生病时，直到死亡为止？"

我们都说："I do（我愿意）。"

她问我："有没有带戒指？"

我们哪准备这些东西？摇摇头。

"不要紧。"她说完从桌子上拿了两个树胶圈，让我们互相戴上，大功告成。

女法官在结婚证上签了名，盖上印，交了给我。

我一看，看到证婚人的栏上写着一个叫罗伯特·钟斯的人，从不相识，便问她道："谁是罗伯特·钟斯？"

女法官懒洋洋地说："就是他。"

指的是睡在门口的那个黑人。

何妨

饱读诗书的黄霑兄，一天闲来无事，翻《全宋词》，找出一首赵长卿的作品，录了下来，传真给倪匡兄。

词曰："居士年来病酒，肉食百不宜口。蒲合与波薐，更着同蒿葱韭。亲手。亲手。分送卧龙诗友。"

黄霑在传真上自添"打油词"，请倪匡兄指正，黄霑说："诗固打油，词亦打油。"

其打油词曰："大家一起戒酒，肉食不宜口。鲍甫与虾球，望实依开个口。无修！无修！分送隔篱亲友。"

倪匡兄接到黄霑兄的传真，正是旧金山的半夜，他说梦中读之，睡意大消，一乐也。诵读打油词，又笑又感叹，不妨大家打其油，作一老人吟，打油如梦令。

词曰："年来有病无酒，啥病都要感受。腰酸与背痛，更着不能起头。无力！无力！可知配额已够。"

最后写上"哈哈"二字。

两位老友的通信，由黄霑兄写下传给我分享。传真上说：

"澜兄，传上匡仔打油词，凄凉！笑中有泪，泪中有笑也，哈哈。"

两位仁兄已不喝酒，霑哥患痛风，虾蟹更不能碰，伲说倪匡最近也添多了一样痛风病，和他一样。

唉，生老病死事，必经也。两位仁兄也不必过于感叹。

很多人战战兢兢地，什么都不敢吃，而倪匡兄和黄霑兄却曾经大鱼大肉，不枉此生。

人生学识，皆由老人和前辈处传来。既然知道结局，不如放怀畅饮，管他什么胆固醇，什么叶绿素，庆幸至今无大病痛，大叫：烈酒又何妨！猪油又何妨！

依样画葫芦

"哈哈哈哈，"倪匡兄在电话中大笑四声后说，"喂，黄霑办了实用进修学院，开创意和创造力的讲座，你知道吗？"

"我刚从日本的山阴回来。"我问，"到底是怎么一回事？"

"我的网友把他的订位表格传给我，说在一九九九年四月二十五号和五月二号那两个星期天举行，每天下午两点到四点，晚上八点到十点各两场。"倪匡兄消息真灵通。

"收多少钱？"

"二百二十块。"他说。

"不贵嘛。"

倪匡兄激昂起来："何止不贵？简直超值！他一生的经验，集中在这两个小时的讲座里，怎么算也是个小数目，比起那些听了一点好处也没有的咿咿呀呀的偶像级歌星演唱会一场五六百，你说不是超值是什么？"

"这种讲座不怕枯燥吗？"我有疑问。

"别人一本正经地教训，一定闷死。黄霑来讲，肯定有趣。

当然，他也有严肃的一面。让人受用不尽。"

"日本很流行这种讲座。"我说。

"做励志的讲座能赚得盆满钵满，不过与其去听那些人讲，要是我，我还是愿意去听黄霑的，他讲得一定比他们好笑。"倪匡兄一口气说完，"两个小时怎么够？听说还可以让听众提问，将会很精彩！"

叮，头上亮一盏灯，黄霑成功的话，我也可以依样画葫芦呀。

"我去讲的话，不知有没有人来听？"

"有。"倪匡兄笑着说，"五十块。"

比赛

　　到旧金山去，好玩的东西太多了，缆车、海边、餐厅、歌舞剧、联合广场的百货商场和各处的博物馆、红木森林，还有那条令汽车飞跃起来的凸路。

　　但是，倪匡兄是不出门的。在短短的两三天里，黄霑与我会一直在他家里聊天，出去干什么呢？

　　肚子饿了，便跟着他到超市去。当然，他骑他的残废人士电单车，我们两人跟在他的后面。这也好，至少买了东西，可以放在他车后的筐里，不必自己提。

　　他们两人已经不喝酒了。倪匡说他的人生喝酒配额已满，啤酒一杯下肚，已头昏脑涨。不可以勉强他。

　　黄霑呢？他患有痛风，喝了酒后便会脚肿，走不动。我想无论如何，也灌他几杯，最多叫倪匡把残废人士电单车借他用用。

　　一到超市，三人必定疯狂购物。倪匡买东西喜欢一打打、一箱箱地买。黄霑每次都想把所有的都买下来送给好太太云妮。我则东买一样西买一样，非常花心，到后来，也要抱着一大堆回家才甘心。

主要还是买吃的。美国的鸡肥大，一只顶我们这里两只，黄油油地充满肥膏。蔬菜种类也丰富，水果更是便宜得不可置信。

我没有预备要烧些什么，反正看到会对我笑的新鲜食材就买，一边购入一边设计搭配，兵来将挡，时到时当。

倪匡兄大概会蒸鱼吧。在旧金山可买到一种很像大条鲈鱼的鱼，肉鲜美，但多刺。他常让给我吃肚子的部分，因为他知道我不会挑刺。

不知道黄霑要炮制什么，从来没有吃过他煮的东西。此君真人不露相，经常会露几手绝招。最怕此类人物，到时三人比赛烹调，只有他能烧出一桌十八道菜来也说不定。

有什么用

　　当天电话响个不停，身上那两部手机的电池电量都耗完。还是第一次知道各媒体都需要一些黄霑兄的资料交代，也只有尽力提供了。

　　"认识多久？"

　　"三十几年。"

　　"有什么有趣的事？"

　　"一下子想不起了。"我说。

　　对方好像不能相信，一次又一次地追问。的确，头脑一片空白，在这个时刻，怎么挤出趣事来呢？

　　当然有些可以让听众和读者笑破肚皮，还有些能让听者震惊的，但都属于黄霑兄和我们这些所谓的老友之间很私人化的事。讲了伤害到在世的人，难道要出风头吗？还是让它和黄霑兄一起埋葬吧。

　　电话访问过后，另外有些媒体想做面对面的访问，本来想答应，但是对方想当成娱乐节目来做，就客气地拒绝了。

　　和倪匡兄谈了一会儿，与其把感想告诉别人，不如自己动笔。但文章不出现在读惯的专栏中，而刊登在纪念版上，反而会有许多人错过。

　　写"一笑西去"那四个毛笔字时，刚好有记者闯入办公室，也就让他们拍了。绝对不是想炫耀，请别误会。

　　我回答问题没有悲哀的语气，对方觉得在这个关头，你这个老友，应该哭哭啼啼。我觉得黄霑不想我们伤感。

　　那么多的报纸版块在赞扬，那么长的电视节目在追悼，要听的好话，也应听尽了吧？

　　要向黄霑表示敬意，就得在他活着的时候去做。当我们都在读者和观众身边的时候，要尊重和珍惜我们，至少别指名道姓乱叫。

　　人死了，说这些好话，有什么用？

老节目

黄霑兄逝世，电视台又重播我们的老节目《今夜不设防》。

大家的样子很年轻，其实当年黄霑与我都已近五十。家父离世，我悲伤过度，一夜白头。当今苍老得多，别人提及我都回答："那是我儿子。"

我们在一起时很开心，有大酒喝，有烟抽。领了片酬，我总觉得不好意思，应该由我来为烟酒付钱才是。

黄霑兄的话最多，倪匡兄都听不懂，我则怎么挤都挤不出一句来，人家问我，我又回答："片酬一样，说那么多干什么？"

清谈节目最主要的就是清谈，不是访问。之后有许多同类型的节目出现，主持人手上拿着稿纸，问嘉宾一句，对方回答一句，就很不好玩了。他们都忘记什么叫清谈：清谈没有题目，天南地北，促膝舒畅，又哭又笑，方向不定，才是精神。

把录像棚当成我们的客厅，再把这客厅搬到观众的家里，让大家都能参与，节目才能做得成功。记得有一次监制拿了调查报告给我们，说收视率有百分之七十多，那时段香港人都在看。

这节目也出过VCD，如果有兴趣可以去购买。我认为做得最精彩的是张国荣那一集；和张艾嘉聊天，也让观众笑坏肚皮。

曾经企划过再做新一辑的《今夜不设防》，倪匡兄不肯来香港，可搬到澳门去录像，他答应过我那边的美食坊开幕时会专程来的。现在黄霑兄作古，已没法子实现，大家要看，只剩下老节目的VCD了。

为《倪匡老香港日记》作序

施仁毅兄的丰林文化公司出版倪匡兄的新书，嘱我作序。

我在南洋时，倪匡这个名字就已如雷贯耳。我读过他用许多笔名写的文章，多数发表在《蓝皮书》这本杂志上。

后来我去日本留学，半工半读，替邵氏电影公司当驻日本办公室经理，工作的大部分内容是检查电影的拷贝。那时候香港并无彩色冲印，一切片子都要靠日本的东洋现像所（日本的一家电影胶片冲印公司）。印好的菲林（胶片），我们行内的术语就叫"拷贝"，是"copy"的译音。一部片子最少要印几十个拷贝，版权卖到东南亚及北美，拷贝总量可达数百。

因为对工作认真负责，每印好一个拷贝，我都会看一次，检查颜色有无走样，字幕与戏中人的口型能否对应，等等。这么一来，每部邵氏电影我都看得滚瓜烂熟，而且每部片子的编剧都是倪匡，没见过本人，当然对这个人充满好奇。

二十世纪七十年代，邹文怀离开邵氏，独立组织嘉禾公司，我被邵逸夫调回香港，做起制片经理。

当年的邵氏片场简直是一个城区，里面什么都有。我被安排住进宿舍，两千平方英尺左右的面积，一厅二房，这对我这个住惯东京小寓的人来说，算是相当豪华。

对面住的就是岳华了。早在他去日本拍《飞天女郎》那部片子时，我们便认识。他好学，在电影圈算是一个知识分子，我们谈得十分投机。

岳华介绍我认识的第一个人是亦舒，也就是倪匡的亲妹妹。当年她的文章已红遍香港，她也在邵氏的官方东志《南国电影》和《香港影画》上写文章，是编辑朱旭华先生的爱将。

亦舒出道得早，充满青春气息的她留着发尾卷起的发型，印证了"十七八岁无丑女"这句俗语。她时常生气，留给我的印象像是《花生漫画》中的露西，对任何事都抱怨，一肚子不合时宜的想法。但很奇怪，她对我特别好，可能是我也喜欢看书的关系吧。

"你来了香港，有什么想做的事吗？"她问。

正中下怀，我第一个要求就是："带我去见你哥哥倪匡。"

"包在我身上。"她拍拍胸口。

星期天大家放假，亦舒驾着她那辆"莲花"牌的小跑车，我坐在她旁边，岳华自己开另一辆车，我们三个人一起到了香港海边的百德新街的一座公寓。

当年还没有填海，亦舒说倪匡兄一家要买艇仔粥当消夜时，可从三楼的阳台上向下吊竹篮子向海上的艇家买，画面像丰子恺的漫画一样。

门打开，倪匡兄"哈哈哈哈"大笑四声，说："你来之前已听过很多关于你的事，没想到你人长得那么高。快进来，快进来。"

后面站着的是端庄的倪太，还有一对到她膝盖般高的儿女，姐姐倪穗，弟弟倪震，都长得玲珑可爱。

住所蛮大的，但已堆满了杂物，要逐样搬开才能走得进去。我最先看到的是倪匡兄的书桌——不摆在书房里，而是客厅。书桌上也堆满杂物，其中最多的是收音机，放着的吊着的，有七八个之多。

沏好龙井走出来，倪匡兄口里叼了一根烟，他说："从刷牙洗面开始就要抽，一天四包。"

是的，书桌旁边的墙上一角已被烟熏黄。

烟多，收音机多，还有贝壳多。倪匡兄说："已经不够放了，我租了一个单位，就在楼上，用来放贝壳。"

坐在沙发上，大家聊个不停。倪匡兄问了我的年龄和经历之后，对我说："改天有空印一枚图章给你。"

"什么，你也会？我最爱篆刻了。"我说。

事后，他答应我的事都做到了，我收了他一枚图章，印文写着："少年子弟江湖老。"

"肚子饿了，先去买东西，吃饱了就不想买了。"他一说，两个小孩子欢呼起来。我们一群人浩浩荡荡地走进大丸百货的食物部。

大丸百货挤满了人，当年还设有音乐，客人一面跟着哼歌，一面购买东西。倪匡兄看到什么买什么，像是不要钱似的，可乐一买就四箱，其他的都堆在我们五个大人的车里。他说："赚了钱不花，是天下大傻瓜，你看许多人死时还剩那么多财产，对他们来说花钱真是难事！"

从此向他学习，倪匡兄的海派出手风格完全符合我的性格，第一次见到他，我就学到了宝贵的一课。

临别时，我忍不住问亦舒："为什么倪匡要用那么多个收音机？"

亦舒笑了："他不会转台，要听哪个台，就开哪个收音机。"

其他妙事，请看新书。

倪匡的演员时代

倪匡的生命中，有许多时代。像毕加索的蓝颜色时代、粉红颜色时代，倪匡有木匠时代、Hi-Fi时代、金鱼时代、贝壳时代和移民时代。

每一个时代，他都玩得尽心尽力，成为专家为止。但是，一个时代结束，就从不回头；所收集的，也一件不留。这是他的个性。他的贝壳时代，曾写多篇论文，寄到国际贝壳协会，受外国专家的赞许。他本人收集的稀少贝壳，要是留下一两个，到现在也价值连城，但他笑嘻嘻的，一点也不觉得可惜。

倪匡的种种时代我没有亲身涉及，只能道听途说，但是他的演员时代是由我启发的，在这一方面我可有些权威，可以发表点独家资料。

有多方面才能的倪匡，电影剧本写得多，为什么他不当演员呢？反正他有一副激情有趣的面孔，叫他当演员，是理所当然的事。

数年前，我监制了一部商业电影叫《卫斯理与原振侠》，由周润发演卫斯理，钱小豪扮原振侠，张曼玉演原振侠的女朋友。内容没什么好谈，商业电影嘛，只要包装得好就是了，不过由周润发来演卫斯理，倒是最卫斯理的卫斯理了。

言归正传，我想起常和亦舒开玩笑说，外国人写小说，开始的时候一定是：这是一个又黑暗，又狂风暴雨的晚上……连《花生漫画》的史努比在故事的最开头也有这种经历。我让《卫斯理和原振侠》也以一个又黑暗，又狂风暴雨的晚上开始……

布置一个豪华的客厅，人物都穿着"踢死兔"在火炉旁边谈天，外面风雨交加。

贵宾有周润发、钱小豪，少不了原作者，由倪匡扮演自己，最适当不过了。当年倪匡从来没有上过镜，是个噱头。但要说服他演戏，总得下一番功夫。

在电话上说明后，他一口拒绝。但我说："借的外景地是香港最高贵的会所大厅，而且……而且……"

他即刻追问："而且什么？"

我说而且还有多名美女，喝的酒是真材实料的路易十三。倪匡即刻答应。我打蛇随棍上，称要穿晚礼服的。

"我才不穿什么'踢死兔'！"倪匡说，"长袍马褂好了。"

那种气派的场面，怎能跳出一个长袍马褂的中古人？我大叫："不不不不。"第二天就强迫他去买戏服。

在这之前，我叫制片打电话给代理商，路易十三的空头支票一开，到时没有实物交代不过去。好在代理商大方，赞助了半打。

我们在置地广场的各家名牌店中，替他选了白衬衫、黑石衫扣腰带、袖扣和发亮的皮鞋。但就是买不到一件合他身材的晚礼服。

倪匡长得又肥又矮，在喇叭裤流行的时代，他从来没有感受过流行。因为他买喇叭裤时，店员量了他的腿长，把喇叭裤脚一截，就变得不喇叭了。

最后只有到 Lane Crawford（连卡佛），试了十几套，到最后店员好歹在货仓底中找出一件，试穿之后，意外合身。倪匡拍额称幸，问店员怎能找出那么合身的东西，店员也很老实："哦，我想起了，是一个明星七改八改之后订下，结果他没来拿。他好像姓曾的，对了，叫曾志伟。"

倪匡听了一头乌云，不出声地走出来，我们几人笑得跌在地上，后来才追着跟出去。我看到倪匡戴的黑框方形眼镜，一点也没有作家的形象，经过史丹利街的眼镜店，就把他拉进去。

我选了一副披头士乐队约翰·列侬常戴的圆形眼镜，叫他一试。

"这么小副，会不会显得眼睛更小？"他犹豫。

"不是更小，是根本看不见。"我心里想，但说不出口。倪匡这个人鬼灵精，早已猜到，瞪了我一眼，那时我才看到一点点。

一切准备就绪，戏开拍了。

灯光师在打闪电效果的时候，我们已经干掉了一瓶路易十三。

倪匡被大明星和专请来的高大的时装模特儿包围，乐不可支。他穿起那套晚礼服，居然也有外国绅士的样子。

周润发等演员都喝了酒，有点微醉，大舌头地讲对白。轮到倪匡，他口齿伶俐，一点也没有平时讲话的口吃毛病，把对白交代得一清二楚。因为没有人可以配他口气，当时是现场收音的，竟然一次过。

周围的人都拍掌，说他是一个天生的演员。

一位模特儿大赞："真像一个作家。"

倪匡又瞪了她一眼："本来就是作家嘛。演作家还不像作家，不会去死？"

戏拍完后，倪匡上了瘾，从此登上演员时代。

他也爱上那副圆形眼镜，问我电影道具是否可以留下。我说我是监制，说留下就留下。不但如此，连那套"踢死兔"也奉送，因为我知道这不是很多人能穿的。

之后，文隽当导演也请他，洪金宝当导演也请他，拍了不少电影。

至于倪匡的片酬。他以日计，每天两万块，拍个十天八天，照收二十万。

"值得值得！"文隽大叫，"请了那么一个大作家，香港、台湾，到处都有市场！"

文隽自己也写文章，在现场对这位文坛老前辈，倪匡叔长、倪匡叔短地招呼。

倪匡又瞪了那看不到的眼睛："缩、缩、缩！不缩也给你叫缩了！"

所有的电影也不单是文戏，有次倪匡演伙头大将军。洪金宝的戏，怎能不打？

那场戏是和一个大块头打架，被他一踢，倪匡滚下楼去。

倪匡坚持不用替身，说："我胖得像一个气球，滚下去一定好看！"

洪金宝说什么也不肯，不过，他说："要是拍的话，留在最后一个镜头。"

倪匡想想，还是临阵退缩，这次可真的被文隽说对了。

一部接一部，倪匡不仅在香港拍戏，还跟着大队到国外去出外景。

林德禄导演的《救命宣言》在香港借不到医院的实景，拉队到新加坡去拍。不是主角的倪匡自掏腰包，坐头等机位，入住五星级酒店，好不威风。

倪匡演一个酩酊大醉的老医生，演对手戏的是李嘉欣。

倪匡占戏颇重，不同以往的客串性质的角色。林德禄对演员的要求也高，但倪匡应对自如，反正医生是没当过；醉，却是拿手的。

有场戏，需内心表情，林德禄拍倪匡的特写。倪匡正在动手术，为人开刀，口戴面罩。

"匡叔！演戏呀！演戏呀！"林德禄叫道。

"戴着这种口罩，怎么演吗？"倪匡抗议。

"用眼睛演呀，用眼睛演呀！"林德禄大叫。

倪匡气恼，拉掉口罩摔在地上，说："你明明知道我眼睛那么小，还叫我用眼睛演戏！你不会去死！"

禄叔垂头丧气，举手投降。

写了几百个剧本，倪匡没有现场的经验，后来才知道拍戏要打光的。他常说，拍戏容易，等待打光最难熬。可以和美女吹牛皮，那又不同。但对着的是李嘉欣，倪匡无奈，只有继续发脾气。

又有一部叫《僵尸医生》，倪匡这次可不演医生，但也不演僵尸，扮的是抓鬼的道士。

倪匡扮相没有林正英那么权威，但滑稽感不逊于任何演员，反正是喜剧，他演起来得心应手。

本来戏的要求是抓着女演员的双脚的，但倪匡身矮，只能抓到她的双膝，一举起来，倪匡即刻放手，落荒而逃，那女演员跌倒差点断颈。

我在旁边看了，大叫起来。

倪匡即刻会意："你这倒霉蛋，用广东话骂我！"

说完要以老拳来打我，这次轮到我落荒而逃。

不玩

　　各位看到了倪匡兄的告别，也知道发生了怎么一回事。之前，他也给过我一封信，抄录如下：

　　蔡样：

　　　　过年前一病，方知岁月不饶人，精神气三者俱弱，本来等闲事，竟成不能胜任之负担。无可奈何，只有把"租界"交还，吾兄必能谅我。

　　　　多年来承蒙照顾，铭感五中，竟不知如何言谢。不好意思当面请辞，只好以信代言。

　　　　已有稿件可以用到五月底，附上最后一篇，多少说明一些无以为继的缘由，真的很谢谢。

　　　　　　　　　　　　　　　　　　　　　　　　　倪匡

　　可惜他已学会用九方输入法打字，稿件用电子邮件传来。不然，嘿嘿，把原稿裱好拿去小店"一乐也"卖，可索高价，作为慈善。

其实要感谢的是我，这些日子以来，多得倪匡兄协助，才松了一口气。我也与他一样，"精神气三者俱弱"矣。

不过，请各位爱戴倪匡兄的读者放心，日前遇见了他，还是龙精虎猛的，大吞金枪鱼数份，面不改色。

但是近来他总是唉声叹气，说周身是病，又曾作诗记事。他说打油诗最好改现成的，字数改得愈少愈好，诗也改自李商隐的："相见时难别亦难，东风无力百花残。春蚕到死丝方尽，蜡炬成灰泪始干。"

倪匡兄的是："坐下时难起亦难，全身无力四肢残。×××××××，蜡炬成灰裤始干。"

第三句他想不到，要我代作。我问道："春袋到枯精方尽，如何？"

"哈哈哈哈"，他大笑四声，接着说，"人之将亡，其言亦善。我最近向我老婆告白：'谢谢你照顾一生，下世再还。'我的广东话不正，她听成'下世再玩'，连忙摆动双手，大叫：'不玩，不玩！'"

众人听完，笑到掉地。

菜资料

回到香港，接到名导演电话："我要拍一部科幻片，想找倪匡写剧本，你可不可以把他的电话告诉我？"

倪匡兄的电话岂可随便给人？我向他说："我问过之后再联络你。"

半夜起身写稿，是旧金山天明的时间，打了个电话。倪匡兄说："剧本我是不写了，但是他有没有说他想要改编我哪一本书？"

"我从来不多问。"我这个名誉经理人不抽佣，也没废话。

"好，"倪匡兄说，"你把我的号码给他。请他打来，我不打给人家的。今天在网上看你写莼菜。莼，亦作莼菜，一名水葵，又名凫葵。"倪匡兄像一本字典，把许多菜的资料告诉我。

回到案头，把稿写好，倪匡兄所讲的菜有些已记不得，用电脑上网，发了一个电子邮件给他，问个清楚。

倪匡兄即刻回复：

蔡样：

　　莼菜在二三月时，初出芽，叶尖未开，如雉尾，亦叫雉尾莼。到五六月间，长出黏液，叫为丝莼。

倪匡0529

　　倪匡兄写信时，爱叫我为"样"。"0529"，五月二十九日之意。

　　读完又回案头，把菜的资料依倪匡兄所说做了补充。写东西发表有个好处，那就是抛砖引玉，也提醒自己知识不足。

　　记起倪匡兄在电话中谈到的晋朝人当官，因想起故乡名菜莼羹和鲈鱼脍，干脆不做官，回家去也。晋朝人实在开放。南宋辛弃疾也提到："意倦须还，身闲贵早，岂为莼羹鲈脍哉。"

　　书至此，又去看电脑，出现一封电子邮件，写：

蔡样：

　　莼菜到了八九月，称之为猪莼，因为过时太硬，只能喂猪了。

寒冷

大家只记得倪匡兄的卫斯理，其实他的小品文，极是好看，一读再读，还是那么精彩。

集成书的有《梦里的信》《酒后的信》《云端的信》和《灯下的信》，内容都在审视自己的内心世界，篇篇文章可读性极高，有些还令读者拍案叫绝。

目前在香港书店已经找不到《明窗》的香港版本，"皇冠丛书"的台湾版还能买到，但有些也绝了版，实在可惜。

不过"皇冠"也没有出过倪匡兄最开始的杂文集《不寄的信》和《心中的信》。这两本书，更是难找。

有一篇叫《寒冷》的文中，倪匡兄说香港的寒冷，其实算得了什么呢！几时见过滴水成冰？寒风蚀骨？

有一个周游列国的人说："全世界，香港最冷。"

倪匡兄的结论是：香港一切对付寒冷的设备、措施都不存在，以完全不设防的一种状态面对寒冷，所以才觉得冷。

这只是我记忆中的那篇《寒冷》。我的文字差他十万八千里，即使重复他的观点，听起来也平平无奇。

愈读愈有趣，最后也没意外的结尾，但说服力极强，吸引你读下去。其他人来写，看了两行就想把书丢掉。

倪匡兄为什么会写"寒冷"呢？他自己说是拿来"应节"的。当他举笔时，天气非常之冷，可见他的题材都是随手拈来，绝对不像吾辈等人，索尽枯肠，还想不到东西来写。蠢材就是蠢材，真是不值得同情。

才华

打电话向倪匡兄问好。他大笑四声之后，谢谢我送他整套《今夜不设防》的 VCD。

"想不到现在看，还没过时。"他说。

"当年大家都年轻。"我说。

"才十三四年前的事，变化真大。"他说。

"你还有什么想看的吗？"我问，"给你寄去，没有一点问题。"

"你帮我找些苏州弹词吧！"

"好。"我轻轻地答应。自己不是江浙人，对这一个项目不熟悉，各位知道有什么地方可以找到，不妨告诉我。

换个话题，我问："陈东去世的消息，你听到了吗？"

"怎么死的？"

"据说是肝有毛病。"我说，"之前看到他的脸色不好，也曾经劝过他。"

"都是喝酒喝出来的。"倪匡兄说，"古龙、哈公死前都脸色发黑。他多少岁了？"

"四十多。"

"古龙死的时候也差不多这个岁数。他们有他们的生活方式，要喝到死，是他们自己决定的。我们劝他们，都是多余。"他说。

是的，倪匡兄说得对。陈东不但烧得一手好菜，还会看风水，也懂得行医，的确是他自己决定的事。

"每天还看报纸上的专栏吗？"我问。

"看。"他说，"但是有些作者看了不知道他们要讲些什么。明明白白的七八百字，每一个字都看得懂，但是讲什么看不懂，这也需要很大的才华呀！"

"你讲过有个旅游作家，写了一辈子文章，看了没有一个地方想去。又有一个饮食作家，写了一辈子文章，看了没有一样好吃。"

倪匡兄又笑："这需要更大的才华！"

声控

"你有没有在电脑上找过资料？"我在电话中问倪匡兄。

"有。"他说，"昨天上了Google（谷歌浏览器），打了'金鱼'两个字上去，竟然出现了三万多个网页，谁知道哪一个是你要找的？"

"也许《国家地理》杂志供应的比较可靠吧！"我说。

"这本杂志的资料也太多，够你瞧的。"

"现在打中文，还是用九宫格？"我问。

"嗯。"他说，"我用得很顺手了。不过不是按键的，用的是鼠标，很快。"

"比手写快？"

倪匡兄笑了："当然不及手写快，我回复电子邮件，也不过是一两行那几十个字。怎么慢，五分钟之内也能搞定，反正我有的是时间。"

"有没有装宽带？"

"我早就装了。"他说，"找资料主要是看图片。普通电话线要等个半天，宽带一下子就出来了，不装宽带怎行？"

"镜头呢？"

"可以装，但是我没装。"他说，"我有一个可以看到对方面孔的电话机，不过我不会用。听到声音已经够好了，看样子干什么？"

"写小说呢？用九宫格或者用声控？"

"那么多字嘛，还是用声控。"他说，"我的那套系统已经没人用了。一个电脑专家来我家，看到了哈哈大笑。"

"粤语声控的有很多很新的。"我说。

"广东话我怎么会用？"倪匡兄有自知之明，"我说的广东话一点也不准。"

我听了肚子中直笑，想说："你的普通话也不是很准。"

但是，倪匡兄的普通话和广东话我还是听得懂的。我想，我这么笨的人也听得懂的话，新的粤语声控，立该也听得懂吧？

证实

我问倪匡兄："除了看报纸，周刊看不看？"

"能够在网上看的，都看。"他回答，"最近看到吃大闸蟹的，连壳都为你们剥好，炒成一大碟，像什么话？"

"你不赞同这种吃法？"

"做小孩子的时候不会吃，大人才给你吃蟹粉。大闸蟹只有一种吃法，那就是边剥边吃。《红楼梦》里面的人多会吃，也是边剥边吃的呀！"他一口气说。

"但是天香楼的蟹黄翅不错呀！"我说。

"那我宁愿吃他们的蟹黄拌面了！"我也同意他这个说法。

"现在的大闸蟹，都是养的吧？"他问。

"嗯。"我说，"到处都养，养了之后拿去阳澄湖，浸浸湖水，就算正宗的了。"

"现在有两种东西，都给养坏了，一是大闸蟹，一是对虾，什么虾味都没有。"

"我们从前吃的虾，多么鲜甜，虽然当时卖得贵。"我说。

"可不是！"他愈讲愈兴奋，"单单一条青斑拿奀滚汤，不知道多甜！"

"现在的黄脚立也是养坏了。"我说，"好不容易在流浮山吃到一条不是养的，那味道又香又甜，完全不一样。"

"可不是！"他又赞成，"我们从前在小榄公，在壮团吃到的黄脚立，只当普通鱼吃，苏眉连碰都不碰，那是好日子。"

"现在的老鼠斑也不好吃。"我说，"都是印尼或菲律宾来的。"

"那是热带的海鲜，鱼的种类完全不同，样子像罢了。真正的老鼠斑，有一股兰花的味道。"

"是呀！"我说，"说也没人相信。"

"你快点写下来，说我倪匡证实的确有此事。"他叫出来。

先想的问题

"最近忙些什么？"我问。

倪匡兄说："什么都不忙，我这种人，有什么可忙的？"

"不是每天换金鱼缸的水吗？"

"现在不换了。"他说，"生青苔就让它生青苔吧。"

"不是有种叫清道夫的鱼吗？养来吃掉污物的。"

"没有用。"倪匡兄说，"我看到死的就把它们捞出来。不过不换水，也多数活得好好的，所以不去换了。"

"身体呢？"我问，"还是那么胖？"

"一百七十多磅。"他说，"医生叫我不要再多吃东西了，肚子饿了就喝水，不然二十年后会患糖尿病，把我笑死。"

"看到什么吃什么，精神更重要。"

"还不是？说到吃，为什么你没把月饼寄给我？"倪匡兄责问。

"你怎么知道我出了月饼？"

"看到李碧华在专栏写的呀！"他说。

"好像忘了。我问一下。"我说，"但中秋已过，不要紧？"

"有的吃就是，当然不要紧。不是说过我们这儿没有什么中秋不中秋的吗？"

"我想起来了，还有一本谈上海逸事的书，不知道给你寄了没有，明天替你查一查。"

"精神食粮不必查。"倪匡兄说，"但是真的粮食，不可不查。你的月饼没公开卖吧？"

"做来送人，当成学习，明年再卖。"

"最过瘾了。"他说，"到了我们这种年纪，最重要的就是想做什么就做什么。"

"有些人还是想不通的。"我说。

"到时候像电视机一样，'啪'的一声忽然关掉，想什么都没用。还有多少年可活吗？一定要经过的事，为什么不先想？"笑声中，挂了电话。

减肥电话

电话在最不恰当的时段响了，一听，是推销员打来的，即刻挂断。

倪匡兄不同，他最爱和那些女子的声音聊天，这可能和他长居旧金山有关。倪太回香港时，他没事做，有电话来就谈个没完没了，也是种乐事。"喂，我们是纤瘦公司打来的，请问您对减肥有没有兴趣？"

回香港后的倪匡兄习惯没改。

对方道："先有几个问题请教请教。"

"你说吧！"

"请问怎么称呼？"

"姓倪，倪匡，写文章的。"

"啊，原来是鼎鼎大名的大作家倪匡先生，久仰久仰。"

"不用客气了。"

"先问身高多少？"

"一米六四。"

听到这里，我感到诧异，插嘴问道："你有一米六四吗？"

"哼哼，我现在肥，显得矮而已。你先听我说下去。"他骂道。

对方又问："那么，请问您体重多少？"

"体重一百八十六磅。"

"那么应该减一减了。"

"要减的话，花多少钱？"

"第一次是不要钱的。"

"有那么好？"

"你如果依照我们的方法，成功减三十磅的话，还有奖金呢！"

"好呀，我一减就减五十磅好了，你可以多给我一点。"

"没问题，请问您今年贵庚？我们的对象是二十五岁到四十五岁。"

"我已经七十五岁了，其实减也死，不减也死。"倪匡兄说。

"睬你都多余。"这次轮到对方挂电话。

讣闻和挽联

当你重复倪匡兄讲过的话，而讲得一点也不好听的时候，只有把他的原文翻出来一字不漏地照抄，一方面可以省时，另一方面可以不费力地大赚稿酬，何乐不为？

倪匡兄的杂文很好看，连他写的"讣闻"亦精彩。为古龙写的，照录如下：

我们的好朋友古龙，在一九八五年九月二十一日傍晚，离开尘世，返回本来，在人间逗留了四十七年。

本名熊耀华的他，豪气干云，侠骨盖世，才华惊天，浪漫过人。他热爱朋友，酷嗜醇酒，迷恋美女，渴望快乐。三十年来，以他丰盛无比的创作力，写出超过一百部精彩绝伦、风行天下的作品，开创武侠小说的新路，是中国武侠小说的一代巨匠。他是他笔下所有多姿多彩的英雄人物的综合。

"人在江湖，身不由己"，如今他摆脱了一切羁绊，自此人不欠人，一了百了，再无拘束，自由翱翔于我们无法了解的另一空间。他的作品则留在人世，让世人知道曾有那么出色的一个人，写下那么多好看至极的小说。

　　未能免俗，为他的遗体举行一个他会喜欢的葬礼。

　　人间无古龙，心中有古龙，请大家来参加。

后来，在葬礼上，倪匡兄和王羽等人商量好，买几十瓶X.O，放进古龙的棺材。但是，盖棺之前，大家又商量，不如喝掉它，古龙才会高兴。

　　事实上，陪葬的只是空瓶。

　　说起古龙之死，有很多近于灵幻的故事，等大家去翻阅倪匡兄的杂文集吧。

　　最后，倪匡兄还写了一对传统挽联：

近五十年人间率性纵情快意江湖不枉此一生；
将三百本小说千变万化载籍浩瀚当可传千秋。

下联

"刚才打过一次电话，有个女人说你们出去了，她自称是做克宁的，我听了老半天，才想得出克宁是什么。"我说。

"哈哈哈哈。"倪匡兄大笑，"请来做清洁的，一个星期来一次。"

"星期天饮茶去了？"我问。

"嗯，台湾来了两个出版社的朋友，他们以前是出版古龙的小说的。"

"说起古龙，他出的那句'冰比冰水冰'的上联还有很多人在研究，我昨天还收到美国一位读者的来信，要我代他问你有没有人对得出下联来完成古龙的心愿呢。"

"什么'冰比冰水冰'？根本不通嘛，不是古龙出的吧？"倪匡兄和古龙是好朋友，死了还要维护他。

"在《陆小凤传奇》系列的一篇叫《剑神一笑》的文章后的注文里，古龙写过这件事，而且他还说是在一起喝酒时向你说的。"

"不会吧？怎么我记不得这件事？"倪匡兄不认。古龙也许是为了娱乐而写的，有没有这一回事不要紧，最重要的是可不可读。有很多关于倪匡兄的消息，也都是我写的。

古龙的确写过，他说倪匡比他好玩得多，甚至连最挑剔的女人看到他，对他的批语也是"这个人真好玩极了"。但这么一个好玩的上联，他就对不出，金庸也对不出。

关于此事，金庸先生在最近出版的大字版作品集中的新序中曾经提及。

查先生说："有些翻版本中，还说我和古龙、倪匡合出了一个上联'冰比冰水冰'征对，真正是大开玩笑了。汉语的对联有一定规律，上联的末一字通常是仄声，以便下联以平声结尾，但'冰'字属蒸韵，是平声。我们不会出这样的上联征对。内地有许许多多的读者写了下联给我，大家真是浪费时间、心力。"

新居

倪匡搬的新屋子，我还是第一次看到。

从远处望去，和二十世纪六十年代出品的家庭烤面包炉子一模一样，古怪透顶。

倪匡从屋里走出来欢迎我，还好，他没再胖下去，还是老样子，加上那件绿色的丝绵袄，像一个会走路的沙田柚。

"从洛杉矶到旧金山怎么那么快，只要两个小时？"倪匡问。

我和好莱坞的工作人员开完会，第二天是他们的国殇纪念日，我什么事都做不了，便由酒店打车到机场三十分钟，乘一个小时飞机，再来半个小时便抵达他的家。

屋前屋后共有两个花园，后面那个比前面还大，种满各式各样的花朵，玫瑰最显眼，张开双手那样巨型。

客厅宽敞，从地面到屋顶，三十英尺高。三分之一是厨房。

整间屋子连地下室是三层，六七千平方英尺的空间，只有一个卧室。

厕所倒有四五个，里面贴着迷幻图案的墙纸。

"这房子的前主人是个女嬉皮士。"倪匡解释说，"你今晚就在这里睡吧。"

"只有一个卧室，怎么过夜？"

"我们把房间让给你。"他们夫妇同声。

我当然不肯。地下室本来是老屋主和友人玩音乐的地方，倪匡将它改为书房，我决定在那张沙发床下榻。

他带我四周溜达。邻居家都是高级住宅，尤其是对面那家，古色古香，已有七十年历史，刚好遇到这家的主人走过。

他自傲地说："我的屋子多美！你天天看，没发觉吗？"

倪匡笑嘻嘻地回答："我的屋子多丑，你天天看，没发觉吗？"

宠物

肚子有点饿，倪匡吩咐太太把他烧的水鱼汤弄热，大家喝。

倪家永远有一两个常备的菜：红烧元蹄、熟羊肉，等等。煮好即吃一顿，剩的放在冰箱里。再吃，再放，直到完全吃完为止，一点也不浪费。有时他们到餐厅去，把吃的打包带回家，照样处理。倪家在香港时有位家政助理，每天有新鲜饭菜。旧金山的生活，大可不同。

我实在想不到倪匡的厨艺那么精湛，水鱼做得一点也不腥，真不容易。居美期间，他自称为"三艺老人"，说文艺排在最尾，他种满花园的花证实他的园艺成功了，壁上还有整排关于种花的书，他现在有资格自写一本。至于厨艺，毫无参考资料，是无师自通的。

"你这满脸的胡子和长头发，是为你父亲留的？"倪匡望着我问道。

我点点头说："古人戴孝三年，现在生活节奏快，守一年。"

"你爸爸去世的时候多少岁？"

"九十岁。"

"吓吓吓，已经那么长寿，应该高兴才是。"倪巨骂我。我不出声。

"算命的有没有说过他活到这把年纪？"他又说。

我摇头："他从来不看占卜。"

"这也好，"倪匡说，"算命的算过去的事很灵，后来的不一定准。"

"是呀。你就是一个例子。"我说。

"能过六十岁这一关，也有很多因素的，"倪太说，"比方老婆好，儿女好，或者自己做过什么好事，都能保住。"

"我从来没做过什么好事！"倪匡说。

"有。"我说，"你家那两只宠物，一开始像铜币那么小，被你养了几十年，大得像半个西瓜，而且还长着绿色的长毛，肥肥胖胖，和你一样。"

倪匡笑笑："你骂我是乌龟？"

第五章

给亦舒

单程书信……

这一张纸，写得轻松，因为，它不是稿。

转播站

亦舒：

你已走了有一段日子。

读者依旧看文章，不觉得你的离去，但是做朋友者，想念得紧，许多我们共同认识的人，都问候起你。书信，可解决乡愁，也能变为一种负担。记得当年我在外国留学，虽然得到家书是喜悦的，但有些不想回复的问题如何下笔，犹豫个老半天。

我想，要是书信也是一条单程路，那该有多好！故居的消息，友人的近况，全部定期阅读，但又可不必回信，天下还有更乐的事吗？

多年前，我写过一篇叫《中秋》的短文，说月亮是一个转播站，当晚大家看见月亮的时候，古今友人，思潮结合。

　　转播站发出的信息是公开的，大家都能参与，喜欢时才收听，今后想念你的老朋友，都可以通过这个电台当DJ。

　　祝好

蔡澜顿首

情歌

亦舒：

　　近来多与你老哥和大嫂吃饭，因为他们也快出国了，我身边又将少一位喜爱的朋友。

　　和你老哥在一起总是乐趣无穷，他不怕肉麻，什么话都讲得出。

　　转了性情的倪匡，每天早上上街市，亲自下厨烧几个送酒菜，与你大嫂分享。

　　我们在表示羡慕时，他老人家变本加厉地抓着你大嫂胳臂，嘟着嘴做求吻状，大唱："妹妹我爱你。我爱你呀，我爱你。"

　　这首山歌是客家人最拿手的，我教他以客家话唱，他一学就会，而且唱得标准，比粤语发音更准确。但是还有很多人听不懂。

想起广东老歌《点解我中意你》，座上年青的一辈不会，倪匡却即刻记得，又唱："点解我中意你，因为你系靓，点解我中意你，因为你系靓，白白净净，真靓。所以我中意你，中意到我病……"

笑得我们由椅子掉到地上。这种人就算做尽天下坏事，也舍不得离开他。

祝好

蔡澜顿首

下笔

亦舒：

　　记得你在《贩骆驼志》中的《心愿》中说过：写稿写不出来的时候，对着空白的稿纸，简直有不相识的感觉，我瞪着格子，格子瞪着我，大眼对小眼，时间就如此过去，但觉头晕、心热、胸口作闷、脚飘浮，这是并发症。

　　是的，我虽然不是职业作家，但也有同样的写作痛苦。

　　我现在写的东西不多，一个星期，在星期二晚上赶个通宵，便能写完，但是每逢星期二夜里，我也对着这张白的稿纸发愁。有截稿日期的工作压力太大，但也有好处，好处在于必须完成，才能休息，字就是这么挤呀挤，挤出来的。

　　自从给你写信之后，我像获得秘方，这个开头难的问题已能解决，那就是第一篇先写几个字给你，思潮一发，以后的稿债便能顺利交还。这一张纸，写得轻松，因为，它不是稿。报酬应该存下来请你吃一顿饭，但是要存个一两年才够，哈哈。

　　祝好

蔡澜顿首

应酬

亦舒：

有时也真羡慕你，你说谢绝一切应酬，所省下来的钱足够买几辆奔驰。

自己算算，的确，我把请客的钱加起来不但能买奔驰，劳斯莱斯也买得起。

问题在于，我对汽车一点兴趣也没有，现在驾的是一辆小三菱，本来是他们送给成龙在戏里用来撞坏的。我看它是新车，就拿来用，心里一点负担都没有，横冲直撞，什么名贵车遇到都回避。

在香港，应酬费可说是惊人。我之所以花费那么多，全是因为有世界各地的朋友来，请请他们，回报一下。记得我去他们的国家，被他们热情地招待，不请他们一餐怎样也说不过去。每一年都有一个时候，所有朋友都在同一个时间出现，忙得不亦乐乎。

不知道为什么大家都爱来香港？我想我要是住在温哥华，送给他们机票，他们也不会来。

祝好

蔡澜顿首

焚香

亦舒：

一早起身，沐浴、焚香、正坐、写《心经》。

看电影时，见焚香炉，以为易事，自己动起手，才暗暗叫苦。

烧炉香，先点香粉，再把檀香架起，细心焚之，但它经常熄灭，令人懊恼，后来我虽渐渐上手，但还是不称心。经长者指点，我才知道用的香炉太新，换了一个古物，至今才算到家。

近来有一群发烧友用最高级的沉香制炷，名为"六和"，每盒六十支，卖三百大洋。也许有人认为贵，但每支可点一小时以上，平均一支五元，得到的宁静，是物有所值。

在办公室点了一支，自己只觉得幽幽的微香，但老远的门口，同事们已经闻到浓郁的香味，实在厉害。

沉香这种东西，浸在水中，外皮皆烂，但只身如铁，烧起来还发油，真是奇妙。

祝好

蔡澜顿首

新闻

亦舒:

　　你去了温哥华之后，还照旧读香港报纸。我知道有许多朋友起初还订阅它，后来连当地的英文报纸也慢慢地放弃，只看电视。

　　时事新闻，我一点兴趣也没有，娱乐版也是。英文中的一句老话:"没有新闻是好新闻。"

　　我注意到的报道通常只在小框框里出现，也许你也看过。最近最有趣的新闻，是一群外国人跑到旺角附近，看见一大堆人围着争抢地买东西，他们就凑热闹地往前挤，不得了，原来是在卖榴梿。强烈的味道攻来，他们闻到晕倒了。稀奇的是，晕倒的一共有四个人，而且其中有两个人是兄弟。

　　另外喜欢的新闻是，一个有心脏病的男子，和女友到一间时租别墅谈心，忽然暴毙。男子的妻子接到警方通知后赶往医院，见到亡夫的女友吓得脸青痛哭，反而安慰她，并不时用手掌拍她的背部，天下太平。

　　你当然要骂那男人没有良心，但人死去，已得报应。

　　祝好

蔡澜顿首

老生

亦舒：

　　记得你在一本散文中提起，专栏写久了，必有老生常谈的一天。这句话说完已经快十年了。

　　不幸被你言中。事实也是如此，我已是个不折不扣的"老生"了。

　　一个题材，写完又写，写完又写，与我们和家人、朋友的谈话，不也是相同的吗？

　　单独见面，还有机会得到乐趣，问题出在有时出现了另一个朋友。他们那一刻讨论些国家大事，我心中呐喊着："这么久不见了，我远道而来，聊聊一些近况好吗？"

　　不不不，他们愈聊愈起劲。我只好强忍着，还是露出礼貌的微笑，表示洗耳恭听。

这是一件多么难过的事！

亲人之间，过往回忆，不怕一次一次地复述；多年的感情，"重播"总有新鲜感，就如说第五十六号的笑话，我们也能捧腹大笑，道理是一样的。

祝好

蔡澜顿首

马骝

亦舒：

星期二，是我的写稿日，当晚必开夜车，完成一周稿债。但今夜，坐在书桌旁，苦等一宵，只字不成。

报纸专栏，我已不能再写，天天交稿压力太大，要我老命也。目前写的是周刊和一些专题性的文字，较为轻松。小说还是不断写，要是能学到你的十分之一，我已满足。

最近的话题似乎集中在"专栏作家是否每周放一天假"上，有人赞成，有人反对。依你一交稿就数十篇的写作习惯，放不放假，根本无所谓吧。

天天写也有好处，当年我写的两个专栏，除了凑在一起出版了一些书外，对时代的感觉也磨得非常尖锐，因为我无时无刻不在思索话题。

编辑们是不会同情作者的，他们说星期天没有副刊怎能行？读者只在那一天才会用心看。

记得曾向去世的周石先生提过放假的事，周先生板着面孔："放你们这班马骝一天假，保证不了你们不会利用空闲又替别的地方写稿去！"

祝好

蔡澜顿首

影像

亦舒：

　　我脑中常有一些"宠物构想"，其中之一是将我们念过的课文拍为三十分钟的短片。

　　现在的人缺少将文字化为画面的能力，他们一开口讲剧情，就说："这是一个谋害男朋友的故事，像《本能》一样。"

　　我们这辈子的导演，还有几位是读过书的，趁脑筋还能动时，把朱自清的《背影》拍下来，留给不会用文字的下一代。这是一件又好玩又有意义的事。"宠物构想"也不一定是亏本生意，拍成电影卖给电视台之后，每间学校购入一套录像带，全球那么多中文教室，收入可观。

写稿、卖茶，也是从胡思乱想中产生。我的哲学永远是：做，机会五十五十；不做，零。

要是选十二篇课文，你会挑哪几篇？

祝好

蔡澜顿首

汤

亦舒：

倪匡对广东人的汤印象不佳，见到章鱼煲莲藕汤，就骂说什么颜色暧昧。你大概不会有这样的偏见吧？

海派人士对汤没什么研究，习惯如此，怪不得你们。到了夏天，你们多喜吃泡饭，介乎饭与粥之间，已算是汤了。

有什么药比食疗更好？从前的顺德家政助理，依主人面色而设计汤水，缺什么补什么，请到她们实在是福气。我聘不到，唉，只有自己下厨。今天煲了一大锅苹果猪骨汤，花园街的苹果十元十个，又肥又大，削了皮，扔一大块猪骨进去一起煲，简单美味，又是解酒的良方。

想起上海人的蛤蜊炖蛋，算是汤吧，但是现在的沪菜馆连这个菜都不会做了。不过话说回来，广东店的什么阿二靓汤，也进入工厂大量制造，逊色得多，也不知今后会不会有所改变。

祝好

蔡澜顿首

咳

亦舒：

　　你大嫂回香港探亲，留倪匡一个人在旧金山。当晚宴客，由倪震陪她来餐厅，同席的还有黄霑、陈惠敏（女的那个）以及你的侄儿倪书航。

　　这位倪小弟正在倪震的杂志社做副主编，我一看见他，便回忆起他小时候的样子。

　　倪书航真是一个漂亮得不得了的孩子，但患了哮喘，每次见他都咳、咳、咳，咳个不停，可怜到极点。

　　当时刚好在播放一个卖咳嗽药水的电视广告，演员咳不止，导演大叫："Cut！Cut！（停！停！）"

　　从此，大家都叫倪书航"咳导演"。

　　"咳导演"吃东西的习惯很古怪，没有什么冒险精神，普通东西都不吃。正当大家在猛吃各种海鲜时，他老人家叫了一碟罐头鲍鱼慢慢地品味，一面吃一面大震其脚。记得你们一家都有震脚的毛病，但绝没有倪书舫震得那么厉害。

倪书舫不应该叫倪书舫，把倪震的名字让给他才对。

祝好

蔡澜顿首

宠

亦舒：

和你大嫂吃饭，话题当然离不开倪匡最近在干什么。

倪太说他整天除了煮三餐、买药外，什么都不做，大门一步也不出。

但只有一次例外。那天倪匡兴致到来，称带太太去看金门大桥。倪太没去过，倪匡说："你开车，我看地图。"

兜了几个圈子还是找不到路，倪匡看到一条路，说直去就是了，但倪太一看，是条单向路，不肯开进去，倪匡却大喊要直入。最后只有依他，好在没有大货车进出。

到了金门大桥，停车位满，倪太要停在远一点的地方。倪匡又扭计，连几步路也不肯走，结果金门大桥只有看一眼就作罢。

　　倪匡是给我们这班朋友宠坏的，查先生宠他，黄霑宠他，没有一个人不宠他，他便变本加厉，完全不讲理。

　　唉，这么一个妙语如珠、常惹人大笑、语言又常令人沉思的人物，不宠他，难。

　　祝好

蔡澜顿首

气

亦舒：

被宠坏的倪匡，发起脾气来，不可收拾。倪匡发脾气不像你只是眉头愈皱愈厉害，他是以全身心来表现他的愤怒的，一点也不夸张，完全是卡通化。

第一，他生气，便要人家听到他的"气"，做出"呼呼"及"咕噜咕噜"的气声来。声音和鸽子一样。

第二，他依足舞台的动作，双手捶胸，示意："我气也。"样子一点也不像梅兰芳，倒似狒狒。

若上述两招尚不能充分地表达，倪匡便会像弹弓一样跳了起来，时而连跳数下，僵尸都不及他跳得那么起劲。

最能引发倪匡愤怒及恐慌的是在他迷失方向时。在任何时间，他自感不知道身在何处，或不能立即到达目的地，就爆发了。

　　当天，你大嫂开车到金门大桥，原本是由他负责看地图指导的，但他竟能大叫："我最怕迷路的！我最怕迷路的！"这种人，怎么能自告奋勇看地图？

　　祝好

蔡澜顿首

乌龟

亦舒：

　　李纯恩来电，提起昨天和倪匡通话，倪匡说旧金山买不到《明报》，是最让人懊恼的。

　　"他有没有说起过年要到哪里去玩？"我也想知道他的消息。

　　"有呀。"李纯恩说，"倪匡讲他什么地方都不去，现在住的地方离金门大桥很近，他连桥边都没去过。"

　　"吃呢？还有没有到唐人街买鸡皮来吃？或者去日本镇买鲇鱼？"我问。

　　李纯恩说："倪匡还买了一张乘巴士的月票，到唐人街要坐一个多小时的车。他天天上菜市场，吃完睡，睡完醉，醉完吃，现在已经胖得像一只大乌龟。"

说到这里，我想起从前倪匡家养的那两只脚板那么大的乌龟。

"乌龟？应该是一对，不是一只。"我说。

李纯恩笑道："照了镜子不就变两只了吗？"

祝好

蔡澜顿首

忙

亦舒：

你之前写过香港人都很忙，的确，我认识的人中没有一个不忙的。忙些什么，有无成绩，都不要紧，最重要的是忙，忙才有点生存价值。

说也奇怪，香港人没一个不忙，但是要抽出时间的话，总是做得到的。有朋自远方来，再怎么忙也挤得出空闲叙叙旧。

我想，香港人的忙，最终的目的，还是享有随时随地"不忙"的权利。移民到远方的人，也忙吧，忙着把时间浪费掉。

最近有个茶室要我替他们写一副对联，我看到地方敞阔，又把两层楼打通了，楼底很高，至少有二十四英尺，七字对联不称，干脆写对十五英尺长的：

　　"为名忙为利忙忙里偷闲喝杯茶去；

　　劳心苦劳力苦苦中作乐拿壶酒来。"

祝好

蔡澜顿首

不悔

亦舒：

想起我在年轻时曾养过几只画眉，因工作需要，要赶到外地拍十天外景，便交代友人看着。但当我回家时还是发现了它们的尸体。从此，连盆栽也不肯养。

发誓万一有了儿女，一定要做一个全职父亲，朝九晚五的工作绝对不干，那只能做做绘画者和卖文人，将事业当成副业才行。

至今我们并没有后悔。见到一早就把儿女送到国外的友人夫妇，还不是等于没生？

不管多迟睡，我照旧一早起身，焚焚香，写几个毛笔字，再逛菜市场。时间，我还不够用，绝对不会孤独。

有儿女的人一直反复轰炸地告诉我教育子女的乐趣

如何，懂得欣赏京戏的人不断说学问有多深，喜爱收集Swatch手表的人说已有毕加索女儿设计的那一只。各位有兴趣，尽管去试，别烦我。

祝好

蔡澜顿首

香港樱花

亦舒：

　　红棉花已开、结果，现在果实爆开，一团团的棉花在空中飞翔。

　　离开香港，许多回忆，因人而异。绝大多数是想起香港的各种美食，这理所当然，但有些人偏偏想一些不愉快的往事，就太可怜了。

　　我在一个地方住久了，回想起来，第一个是那地方的树木和花朵，就算是没有离开过，也特别注意花木。它们令我想起去年在这个时候，和什么人在一起喝过的美酒。

　　代表香港的花卉很多，过年的桃花呀，之后的杜鹃呀，都灿烂到醉人。

　　到了夏天，的士大佬在车头上摆的姜花，香气扑鼻。

还有浓郁的木兰。又怎么忘得了插在老太婆髻上的含笑？

最爱的是像花似叶的石栗。太子道整条街都能见到，半山区、清水湾道的远处，石栗一开，好像树顶上盖了一层霜。石栗花飘飞，布满地面，我叫它们为香港樱花，比日本樱花长寿，可观的日子有三个多星期。你记得香港樱花吗？

祝好

蔡澜顿首

暂停

亦舒：

　　最近事忙，又要到国外拍外景数个月，将暂停给你写信。

　　近来对经商有了强烈的兴趣，朋友们都笑我文人下海，其实我拍的电影都是些娱乐片，本身就是商业，不能说是下海，只叫"重操旧业"。

　　目前自己制造的产品已在市面销售，包括茶叶、罐头茶、饼干、山茶花油等，收入还不错。

　　每做一件产品，必先由家父家母试过，八十多岁的老人家也能入口，才卖给别人。

　　我认为以后的生意，只要依"怀旧""环保"这两条路去走，已用之不尽、玩之无穷。

新产品是辣椒酱。市面上卖的是XO酱，用料便宜，我做的不惜工本，放鲍鱼、龙虾等，高人一级，故称之为"路易十三"酱。一笑。

出发之前把这些产品寄到温哥华，一样一样寄，以代表文字，够朋友吧？

祝好

蔡澜顿首

橘子

亦舒：

新年友人送来两盆橘子，又肥又大。

路过垃圾堆，已见邻家把橘子树扔出街，实在可惜，便决定把树上的橘子摘下并炮制起来。

腌橘子的方法很简单：一、将橘子摘下，洗净，擦干水；二、用盐腌二至三天（一百五十粒橘子约一斤粗盐）；三、腌后晒两天（没太阳可以风干，但需三天）；四、加糖后放入水中煮，滚三四分钟后连糖汁放入玻璃罐，即成。

咸橘子用滚水冲，加冰，是夏天的好饮品；注入伏特加，更是独特的鸡尾酒。

不过，你在那边的房子那么大，又没有家政助理，怎会有闲情搞这玩意儿？

本来想泡一缸请人带给你，但是恐怕腌制后的水果会被当成野生植物输入。反正住在你们那里天天打麻将的女人多的是，不如叫她们代劳，所以寄上配方。

祝好

蔡澜顿首

附　录

微博开放

为什么会回复网友的评论呢？因为爱你们啰！

@冯逢峰疯：先生有见过自己回答不了的问题吗？

@蔡澜：有。数学的。

@谷风机收藏夹：蔡先生，请问您可以分享一下您的特别的人生经历吗？（不要敷衍的神回复！）

@蔡澜：买我的书。

@林夷光：请问蔡先生，怎样的人才是世界公民？

@蔡澜：地球人。

@娇骄哒：先生的食店什么时候才能不排队呢？

@蔡澜：你想我亏本吗？

@Helen_XuanXuan：蔡澜先生，向您请教，做好一家餐厅的核心是什么？

@蔡澜：平、靓、正，三字诀。

@**现在想不到-**：蔡先生，为什么食堂的菜都是一个口味的呢？

@**蔡澜**：所以叫食堂。

@**橄榄籽**：先生好，我女儿六岁，平时问我很多问题。昨天我对她说蔡先生什么问题都会回答，她想问你大自然为什么要让火山爆发，人为什么要死。

@**蔡澜**：火山不爆发，地球会气死。

@**禁止丢三落四**：先生，怎么样才能变成大人呢？

@**蔡澜**：等老了再问。

@**一个闹钟叫不醒**：先生，我最近想做的很多事因为时间和经济的原因处处受限，再加上好多的不如意，我今天骑着电驴遛了很久，突然觉得人生好没意思。为什么还有那么多人在努力地生活？

@**蔡澜**：他们没有电驴，要走路。

@一锅肉夹馍er：如何降低自己对所有事的期待值呢？

@蔡澜：说降就降。

@红中江口：先生对于乡愁可有独到体会？

@蔡澜：赚钱。回家。

@大饼今年还没改名嘻嘻：先生，我什么时候才能发财呢？

@蔡澜：想都甭想。

@贰六壹壹：老先生，请问怎样快速地脱贫？

@蔡澜：用词越短越好，可省"老"字。

@Ctrllsx：先生您好，如何成为富婆？

@蔡澜：先变成令人讨厌的八婆。

@**大大大大大炜啊**：蔡生，刮刮乐怎样才会中奖？

@**蔡澜**：我知道的话，现在就每天刮，不会在这里回答你这个不太聪明的问题。

@**文昌星君说我能行**：我想找个挣钱多的工作，您有推荐的吗？现在做的编辑。

@**蔡澜**：做两份工。

@**想名字很纠结的LL大人**：蔡先生，读博士感觉没动力了，怎么办？

@**蔡澜**：麦当劳。

@**弟中弟他弟弟**：先生，麦当劳给了您多少广告费？

@**蔡澜**：没请过我吃一餐。

@**木嗯Moon-**：为什么您给好几个人的回答都是"去麦当劳打工"？

@**蔡澜**：才知人间疾苦。

@Howlitee：蔡生，我怕生人，去不了麦当劳怎么办？

@**蔡澜**：当今有份新事业叫宅男。

@圳喆-L99：先生，我最近心慌，无心上班怎么办？

@**蔡澜**：再不改，就会被炒鱿鱼。

@**恰饭饭了没**：先生，我怕面试这种场合，总会紧张得大脑空白，甚至从面试的前几天开始就觉得焦虑，该如何缓解呢？

@**蔡澜**：当对方在洗澡。

@**不断奔跑的小李**：先生，现在看"问蔡澜"没有以前那种茅塞顿开的感觉了，是不是说明人变得成熟了？

@**蔡澜**：是。

@菲斯 2 号机：先生，安于现状是否是可耻的呢？

@蔡澜：也是一种境界。

@苟苟又笨又怂：蔡先生，我感觉自己心态平和，生活平淡，身边的人也很温柔，一切都很随和美好的样子。但经常会苦恼于自己没什么追求、没什么动力，太随遇而安了，太不积极上进了，这可怎么办呀？

@蔡澜：贪心。

@三色糙米老师：蔡先生好，您能用一句话来劝慰我让我心胸开阔吗？

@蔡澜：一句话。

@其实也不知道怎么回事：先生，我写的论文已经被拒稿五次了……

@蔡澜：改个主题。

@Scarlett68888：三十四岁了还想出去读书，您说任性吗？

@蔡澜：不老。

@努力up的桃桃子：蔡先生，和室友相处不好怎么办？

@蔡澜：学空手道。

@银河系的犀利少女：先生您好，如何才能戒掉玩手机的瘾？

@蔡澜：买个烂手机。

@请杀死：打游戏老是输，怎么办？

@蔡澜：老早叫你别沉迷。

@葳蕤dor：先生您好，啃指甲怎么办？

@蔡澜：当菜吃。

@嘎叭一咔獭丘鲅：先生，从事哪种工作可以拥有善良、直率、有趣又有思想的同事呢？

@蔡澜：相声。

@Cheng宸舟：先生，喜欢闻自己的屁是怎么回事？

@蔡澜：闻到的话腰得极弯才行。

@沈江沅：先生好，如何让别人觉得我说的话不像是开玩笑？

@蔡澜：你问这种问题，我也笑。

@食货社员谢MM：先生怎么看待人工智能的发展？

@蔡澜：总有一天会代答。

@奶盖白桃乌龙茶：先生如何看待当下的"丧文化"？

@蔡澜：眼不见，心不烦。

@菠萝园园主：先生您好，冬天适合吃什么？

@蔡澜：飘雪。

@Star32899：先生，不喜欢自己怎么办？

@蔡澜：向父母投诉，别问我。

@小何乖乖Nancy：先生，不够自律总想偷懒，您用一句话骂醒我吧！

@蔡澜：何必浪费唇舌。

@衣冠976：蔡先生，什么算是活明白了呢？

@蔡澜：活明白了就不会问我。

@囡子2000：先生，我是一个懒能懒到极致，勤快起来又能勤快到忘我的一个人。是不是很棒？

@蔡澜：好个性。

@雪怡小朋友：先生，您能用一句话说哭一个人吗？

@蔡澜：引人笑不是更好？

@花笑春风2：蔡先生，您的父亲、丰子恺先生、弘一法师和冯康侯先生，是不是影响了您的人生？

@蔡澜：是。

@badboy秒杀三省：蔡生您好，露叔称您作"丰子恺专家"，知您研究久矣。经年累月，您研读丰子恺先生的著作有何心得？

@蔡澜：心平气和，爱众生。

@哈haha雪兰：先生觉得什么是生命中最不可或缺的呢？

@蔡澜：钱和勇气。

@慕少鞅：蔡先生，在生活最困难的时候，您是怎么度过的？

@蔡澜：咬紧牙关。

@识时务者Jim：先生，年老之后最大的感受是什么？

@蔡澜：安详。

@旗木卡卡卡卡卡西：蔡生，请问您觉得过年做什么最有意义？

@蔡澜：吃。

@喝珍珠奶茶的小颖子嗷：先生，我想问一下，您觉得对您影响最大的一句话是哪一句话？另，祝先生圣诞节快乐！

@蔡澜：做，机会五十五十；不做，零。

@**神经大条李拜天**：蔡生好，想问一下蔡生是不是一直秉持"活到老，学到老"？感觉你比我们年轻人还有活力啊！

@**蔡澜**：所以和年轻人有代沟。

@**铁岭炖大鹅**：先生您好，因为我不太会调节情绪，所以想问问先生平时遇到生气或难过的事情是如何调节心情的。

@**蔡澜**：大骂粗口！

@**椒小兔-**：先生，你失眠时会干什么？

@**蔡澜**：起身回微博。

@**哈利o德挠**：先生相信缘分吗？

@**蔡澜**：这两个字是中文里最有用的，简简单单解决一切。

@**他律邢人**：蔡澜先生，本人爱好美食，会做美食，请问如何成为比您还优秀的美食家？

@**蔡澜**：先要活得比我老。

@**大兄弟弟-**：先生，冒昧打扰！想要成为一个厉害的烘焙师，最重要的是什么呢？

@**蔡澜**：不断烘焙。

@**熹微有时**：蔡先生怎么看三十岁？

@**蔡澜**：不如问怎么看八九十。

@**高妹专业户**：先生相信有下辈子吗？

@**蔡澜**：死了还介意这些？

@**人不带花枉少年**：蔡先生怎么看待死亡呢？

@**蔡澜**：没死过，不知。

@**四碌**：先生，如何看待现在男人与女人不同的大众审美取向呢？

@蔡澜：管它的。

@0-0霄：蔡生您好，请问想要自学毛笔书法，您有什么建议吗？

@蔡澜：可从看启功先生的视频开始。

@Ursu啦：先生，疫情结束之后你最想干啥呀？

@蔡澜：到各地开书法展。

@DianasThemyscira：蔡老师，您爱饮茶还是喝咖啡呢？有没有喜欢的茶或者咖啡推荐呢？谢谢啦！

@蔡澜：茶，老普洱。

@达里拿：先生，请问现如今洗茶是否还有必要？

@蔡澜：至少一次，除了玉露。

@欣呢呢呢：先生，您拔过智齿吗？

@蔡澜：没智慧，怎拔？

@南山关耳：先生您好，心累的时候做什么好呢？

@蔡澜：吹牛。

@烧包-必须强：先生，人活着是为了什么？

@蔡澜：把这一生处理得更快乐。

@笑找抽：先生，我想问如何能做到每天开心得像个傻子……

@蔡澜：笑自己就是。

@就叫斧斧斧吧：如何合理安排时间？

@蔡澜：反常安排。

@朝颜Angela：先生您好，我上高中了，时常感觉不像往常一样快乐，和朋友说笑打闹时是"快乐"的，但过后就索然无味，也觉得没有意思，几乎没有什么事能让我后来回想起仍是快乐的，怎么才能获得那种高质量的快乐呢？

@蔡澜：只有多读书。

@Xxxxclouds：蔡先生好，请问对身边朋友温柔、脾气好，对男友却十分容易生气、不满，为什么？

@蔡澜：以为已经拥有他。

@Rainying_：先生，为什么人总是喜欢伤害自己最爱的人啊？

@蔡澜：因为无知。

@肉包1230：先生，自己的爸爸总说我没用，怎么办？

@蔡澜：那是谦卑。

@Trivialities_monkey：先生，有永恒坚定的爱吗？

@蔡澜：有，在书上。

@朴树的风：蔡生，你心中的大男子主义是怎样的？其中有没有几条原则？

@蔡澜：保护女人。

@紫伊燕：蔡老师，你对当代年轻人丁克怎么看？

@蔡澜：我是上一代的示范。

@Hold_my_hand_：生活好多苦啊，人为什么要活着受苦呢？

@蔡澜：等糖吃呀。

@可爱涂涂_：先生，如何在无趣的日子中变得有趣？

@蔡澜：吃白饭三大碗。

@Lpylllll：请教先生：一个人的时候做点什么事情好？

@蔡澜：上微博。

@哈哈哼嘿嘿：先生，教我一个面对困难时能让自己乐观看待的方法吧！

@蔡澜：先笑三百声。

@艾可小姐滴樱桃：去年先生说过，人生最不可或缺的是钱和勇气，那先生觉得人生最多余的是什么？

@蔡澜：自找烦恼，什么都觉得渺茫。

@莫斯素：想请问先生，对于没把握的事情，不一定能看到理想结果的事情，还该为之努力吗？

@蔡澜：一定有把握的话，那多枯燥。

@yyoriiteg：先生，人一定要买房吗？

@蔡澜：是蜗牛才要。

@**刘启源啊**：蔡先生，关于借钱这件事，想问问您的看法。

@**蔡澜**：别借，给。

@**仙女和老婆的日常**：先生，不爱运动怎么办？

@**蔡澜**：没事，我不爱运动一生了，也没事。

@BOB20082009：感冒，没胃口，吃什么好？

@**蔡澜**：吃猪胃。

@Lizzie_Xi：如何才能做到干吃不胖？

@**蔡澜**：这种事也问得出？实在笨得出汁了。

@**一闲一天涯**：有什么不用节食就可以减肥的方法吗？

@**蔡澜**：有什么不必行房就可生儿女的办法？

@**孙白鹭_**：先生好，人生行至四分之一，终能独立生活了，和小时候抽烟喝酒家暴的父亲仍然是反目冰冻的状态，近来其人似乎悔改，态度作风稍软，我该不该言和？

@**蔡澜**：不必。

@**erop0u17tr1h83gd9e4u15lp立思**：先生，请问怎么走出亲人去世的阴影？

@**蔡澜**：老是思念，等于不把亲人放走，也不是办法。

@**Lumierenee**：先生，您心目中的友谊应当是什么样子的啊？

@**蔡澜**：淡如水的。

@**ErreurSIN_一罪明今**：先生，被朋友背弃该怎样面对？

@**蔡澜**：教会你别背叛他人。

@**龙吟星球**：先生，您和倪匡、黄霑、金庸三位先生的生死观各是怎样的？

@**蔡澜**：不知道，谁都不会告诉对方。

@**什么叫白鸽**：先生您好！现存的由亦舒作品改编的影视剧中，您觉得哪部算是合格的？

@**蔡澜**：不看。

@**空舟还是空诌**：先生您好，请问如果让您用一道菜形容您的好友倪匡先生，您会用哪道菜呢？嘻嘻。

@**蔡澜**：鱼，看到鱼就想起他。

@**世袭喝茶**：蔡生，请问您最近在看的书有哪些？谢谢。

@**蔡澜**：重读金庸作品。

@**badboy秒杀三省**：蔡生您好，记得您在文章中提到过，您当年初识倪匡先生是通过亦舒师太的介绍。未知其时您初见倪匡先生的第一印象是怎样的？

    @蔡澜：觉得他真的是外星人。

    @shelliez_：先生，我想问一下，如何对待复杂的男女关系？

    @蔡澜：这个问题一一回答的话，就可以成为亦舒。

    @想要一个粉红巴丹：先生，门当户对重要吗？

    @蔡澜：什么年代？

    @朴树的风：先生是如何搭讪陌生人的？

    @蔡澜：讲什么都行，态度诚恳即可。

    @万物皆可爱耶：身材矮小就应该放低择偶标准吗？

    @蔡澜：身材可放低，知识不必。

@**海沙发**：先生，什么是成熟的爱？

@**蔡澜**：互相没有心理负担的。

@**年糕守则**：怎样才可以在今年泡到十个帅哥呢？

@**蔡澜**：照照镜子。

@**快活的糖糖**：先生，如何让男朋友更上进？

@**蔡澜**：不上进，禁亲近。

@**甜甜的爱情会轮到我的**：先生，公司里面不同部门的小姐姐常常跑来偷看我在干吗，觉得她很烦但是又不知道该不该当面和她说不要这样。怎么办好呢？

@**蔡澜**：还不知足？

@**钻石妃玫瑰**：先生您好，男朋友带我见了他的领导们，事后他的领导们都说我男朋友对我太好了甚至有点卑微，还说如果我男朋友继续在领导面前这样会严重影响他的仕途，请问您怎么看待这个问题？

　　@蔡澜：叫他闭嘴。

　　@吃瓜小鹿在吃瓜：最近有一个小五岁的弟弟追我，虽然每天都很快乐，可是自己年纪大了，只想结婚，该怎么做呢，先生？

　　@蔡澜：小五十岁才是问题。

　　@花落14：蔡澜先生您好，我很喜欢一个女生，已经约出来玩了好多次，我不是太清楚她是什么想法，上次出去玩想牵她的手，但是怕她拒绝之后就不能再找她了，希望蔡先生能给我出出主意，教我几招。

　　@蔡澜：牵了再问。

　　@快给我ice-cream：求问先生，男生是否都是好色之徒？

　　@蔡澜：有传宗接代的本能。

@**千年小妖-2011**：先生！不爱了！也说清楚了！为什么他要拖着……

@**蔡澜**：你理他，才知道他拖着。

@**uoppfe**：先生你好，请问什么理由分手比较好？

@**蔡澜**：直说，不需要理由。

@**晴宇先生**：蔡老师，前男友这种动物要怎么才能戒掉？

@**蔡澜**：别养。

@**我们还能不能快乐的玩耍了**：先生，我喜欢了很久的男生昨天告诉我他有女朋友了。

@**蔡澜**：很好，可找新的。

@**睡不醒_zzzZ**：蔡先生，对于爱而不得的一个人，暗中做她一辈子的守护者，只要自己心甘情愿，是不是也不算愚蠢？

@**蔡澜**：还是蠢。

@**猫猫喵喵**qing：蔡先生，你觉得女人做全职太太好，还是边工作边兼顾家庭好？

@**蔡澜**：让男人做全职丈夫好。

图书在版编目（CIP）数据

学学问问 /（新加坡）蔡澜著 . -- 北京：光明日报
出版社，2023.3

　　ISBN 978-7-5194-7024-1

　　Ⅰ．①学… Ⅱ．①蔡… Ⅲ．①散文集－新加坡－现代
Ⅳ．① I339.65

中国版本图书馆 CIP 数据核字 (2022) 第 248536 号

著作权合同登记号　图字：01-2023-0656

学学问问
XUE XUE WEN WEN

著　　者：［新加坡］蔡澜	
责任编辑：谢　香　徐　蔚	责任校对：傅泉泽
封面设计：别境 lab	责任印制：曹　净
内文插图：李知弥	

出版发行：光明日报出版社

地　　址：北京市西城区永安路 106 号，100050

电　　话：010-63169890（咨询），010-63131930（邮购）

传　　真：010-63131930

网　　址：http://book.gmw.cn

E － mail：gmrbcbs@gmw.cn

法律顾问：北京兰台律师事务所龚柳方律师

印　　刷：天津鑫旭阳印刷有限公司

装　　订：天津鑫旭阳印刷有限公司

本书如有破损、缺页、装订错误，请与本社联系调换，电话：010-63131930

开　　本：146mm×210mm	印　　张：8.5
字　　数：169 千字	
版　　次：2023 年 3 月第 1 版	
印　　次：2023 年 3 月第 1 次印刷	
书　　号：ISBN 978-7-5194-7024-1	
定　　价：49.80 元	